JN072423

「なん、だ……これ？」

銀髪の少女が、その瞳を開いた。
ぱちり、と開かれた紅く大きな眼は、
吸い寄せられそうなほど美しい。
「――よかった――」

Characters
Nameless Record
REMNANT
ウル
レリンが出会う機械の少女。圧倒的な戦闘力を誇り、自らを「予言書」と名乗る。妙にレリンと距離が近い。
レリン
本作主人公。英雄に憧れたが、英雄になれなかった青年。鍛えただけあり、戦闘力はある。

アイズ
教会より選ばれた英雄の一人。感情を素直に出す裏表のない性格で、親しみやすいムードメーカー。
AIZ
カイ
教会より選ばれた英雄の一人。非常に美形の青年。ただ、本人は弱気で、常に困ったような顔をしている。
KAI
アミカ
教会より選ばれた英雄の一人。レリンの幼馴染。何かとレリンを気にかけている。困ってる人の頼みは断れない。
AMICA

「――喰らい尽くせ、
ブラックドッグ――ッ!!」

CONTENTS

プロローグ
『人類文明圏外域』
P12

第一章
『前線の街の青年』
P22

第二章
『予言書の少女』
P79

第三章
『予言の英雄たち』
P114

第四章
『知られざる英雄の戦い』
P194

エピローグ
『誰も知らない英雄譚の序章』
P303

ネームレス・レコード
Hey ウル、世界の救い方を教えて

涼暮 皐

MF文庫J

口絵・本文イラスト●GreeN

start_up;

CODE:ARMIS——series_number_fifth

ULTIMATE

script_determination...

プロローグ『人類文明圏外域』

——端的に言って、死の縁にいた。

左腕はまともに動かせない。さきほど肩口に突き刺さった牙は力尽くで抜き捨て、応急処置として最後の《貼付式癒術符》で傷口を塞いだのだが、気休めにすらならなかった。

「クソ、これだから安物は……。やっぱあんなヤミの露店で買うんじゃなかった……いや金ないんだから仕方ないけど。ああもう、どこの魔術師だよ雑な仕事しやがって！」

思わず口をついて出た泣き言を、自分で聞いて表情を歪める。

何を言ったところで事態が好転するはずもない。無駄な疲労を精神に溜めるだけ。

そう理解していながら、それでも口から零れ出たのは——心が折れかけているからだ。

「……いよいよヤバい、な……」

左肩の傷口から手を離し、遺跡の壁に背中をもたれた。

太古の機械文明の名残である硬質な壁面は現在、生命力の強い緑色の蘚苔類に覆われている。疲労から、ずるずる背中を滑らせるように座り込むと、その表面が剥がれ落ちた。

死——という単語が、頭の内側で徐々に存在感を増していく。

俺は腰の後ろ辺りから薬剤の入った小瓶を取り出し、注射針をつけ左胸に打ち込んだ。

痛み止めの類いではない。これはこの環境下でヒトが生きていくために、最低限必要な作業だ。大気に含まれる魔素は生物にとって猛毒で、薬剤で中和しなければ命に関わる。

役目を終えた小瓶が、硬い床に落ちて砕けるのを目で追った。

「今のが……、最後の一本……」

わかりきっていた事実をわざわざ口にする。

小瓶一本分の安定剤で、もって半日。それも本当なら半日に二本分を打つのがベストであり、動き回れば動き回るほど中和剤一本分の効果時間は下がっていく。

それが、俺に残されたタイムリミットというわけだ。

まずは荒れた呼吸を落ち着け、可能な限り静かにしているべきだ。そもそもここへ来るまでに三日を費やしている事実など、生還を望むなら今すぐ忘れてしまったほうがいい。

「……はは。マジで、バカやらかしたよな……何してんだ、俺」

だというのに、そんな愚かしい後悔の言葉が零れ出すのを止められないでいる。

――英雄になりたかった。

ただその一心でこれまでの人生を過ごしてきた。そのためだけに命を使ってきたのだ。

こんな死地に独りで乗り込んできたのも、夢を捨てることができなかったから。

この星の大陸面積の大半を占める、遥か太古に滅びた旧文明の遺跡群。生物の命を蝕む有毒の魔素が大気を満たし、何より人類を敵視する機械生命群が無数に蠢く最前の死線。

それこそが、現代における人類文明圏外域。

俗に《失われた楽園（ロストガーデン）》と呼称される領域。

ただ足を踏み入れるだけで死と隣り合わせになる自然と鋼鉄の庭は、だが同時に人類にとって最後に遺（のこ）された約束の地でもあった。

現代においてはその仕組み（システム）の一端さえ解明できない旧人類文明の遺物が――それが科学的か魔術的かを問わず――数多く眠っている、いわば未開の宝箱であるからだ。

過去、数多（あまた）の人間がロストガーデンへと挑み、ある者は成果を持ち帰り、またある者は命を置き去りにしてきた。宝を得んと欲するならば、己（おの）が身命を賭すのは当然の理屈。

……俺だけが、その例外に当たるはずもない。

勝手に将来に絶望し、ほとんど捨て鉢の覚悟で単身、圏外域へ挑んだのだ。

行く末に待つものが死であろうと、同情の余地は一片もなかった。

「…………けど」

それでも、死にたくない。

背中側の壁面にある窓から少しだけ身を乗り出し、外の様子を窺（うかが）ってみる。

すぐ外は大通りめいた構造になっていた。まっすぐな道が遥（はる）か先まで延びており、その通りを挟むようにいくつもの建物が林立している。今はそのひとつの中にいた。

見たところ、大通りに動くモノの気配はない。俺をここへと追いやった大型の一機は、どうやら上手（うま）く撒けたようだ。苦し紛（まぎ）れの一撃が脚部に当たったのが功を奏したか。

奴（やつ）の——あの機体の自己修復性能（セルフリペア）がどの程度かはわからないが、進んでいく分には追いつかれずに済みそうだ。肩を刺した傷の対価として、それが高いか安いかはともかく。

となればこのまま、建物の内側を進んでいくのがベターに思われた。

視線を、俺は大通り沿いに北上する方向へ滑らせる。

目指すはその先、大通りの突き当たりに位置する高層の塔。この決死行の最終目的地。

もし辿（たど）り着（つ）くことができれば、あるいは、何かが変わるかもしれない。

——そう決意を新たにしたのと、背後から気配を感じたのはほとんど同時だった。

腰のホルスターから咄嗟（とっさ）に武器を抜き放ち、勘に任せて背後へと射撃する。

「くっ……!!」

電機銃（ブラスター）類に特有の無反動の手応え。振り向いた先では、廊下奥の曲がり角から計三機の飛行型の機械どもがこちらに迫ってくるところだった。

金属（フルメタル）製の球体（ボール）に回転翼（ローター）がついたような、実に単純な構造の小型の飛行機械。

遭遇は偶然だろうが、見つかること自体が不運だった。

どれほど小型でも、生きた機械——スカヴェンジャーは脅威になる。

雑な射撃が、その内一機の中心を的確に射抜いたことは幸運な偶然と言えるだろう。

機械生命（スカヴェンジャー）の眼（め）とも言えるカメラを貫かれ、一機が床に墜落する。残る二機が、わずかに狼狽えたように墜ちた同胞へ単眼を向ける隙で、俺は反対方向へと駆け出していた。

無呼吸で廊下を駆ける。そのまま廊下の奥に位置する階段を飛び降りると同時に、掃射された機銃がまっすぐ廊下を抉っていく、耳障りな破砕音が聞こえてきた。

「容赦ねえな本当にっ！」

踊り場で受け身を取った俺は、体勢を立て直しながら一瞬だけ上に視線を向ける。

二体の飛行型どもが放った弾は、廊下に着弾するとともに火種となって、蘚苔と金属が覆う廃墟を青白い炎で満たしていく——予想以上に厄介な攻撃性能がありそうだ。

点々と、まるで虫の足跡のように刻まれた淡蒼の灯火。弾丸に刻まれた術式が、着弾と同時に火を発する仕組みだろう。一発でも掠ったら、その傷口から燃えてしまう——。

まったく、人間ひとりを殺すには、過剰火力にも限度があった。

「くそっ！　何が機械だ、あっさり物理法則を無視しやがって畜生！」

電気ではなく、魔素をエネルギーとして食事する機械生命は、金属製の硬く強い機体を持ちながら、取り込んだ魔素を再利用することでそれぞれに魔術を行使してくる。

ただの機械ではなく、生命であるとはそういうこと。

この星の支配者は——もうとっくに人類ではなくなっているのだ。

「……でも、どうにか、してやる……死んで堪るか」

俺はあえて踊り場で立ち止まり、銃を構えて待ち受ける。

敵は視覚情報でしかこちらの居場所を探れない。そいつは俺の先制を受けたことからも明白な事実だ。ならば、ここで迎え撃ってしまうのが最も虚を突けるだろう。

意識を集中し、回転翼（ローター）が風を切って近づいてくる音を感知する。

明らかに物理法則を無視した飛行をするくせに、その羽の回転を止めていないのは機械生命に特有の、ある種の融通の利かなさのせい。

羽を使って飛んでいるのではないくせに、羽があるから飛べるのだという前提は決して覆せないということ。──生き物が、肉体の機能を自ら止められないのは道理である。

俺も同じだ。ここで自ら、死を認めることなどできるはずがなかった。

ならば喰（く）い合うだけだ。

互いに餌にならない関係でも。

これは原始の、生存闘争にほかならない。

「──換装（ロード）、範囲殲滅弾（セカンドバレット）──」

奇（く）しくも同じく、こちらの武装もまた魔弾の類い。これは、単に電気を撃ち出す銃ではなく、奴（やつ）らと同じ過去の遺物である。亡き父が遺（のこ）した、数少ない形見のひとつ。

機械製の魔銃が、定められた呪文詠唱（プログラムコード）に従い機能を変化させていく。

「照準設定（エイムセット）──」

漆黒の銃身（バレル）に薄緑の魔力光が走る。

それと同時に身を捻り、俺は踊り場から身を投げるように階下へと跳んだ。

空中で仰向けになるような雑な身投げ。狙うは直上。

天井の向こう——上の廊下を進んでいるのであろう敵は、羽音が位置を知らせていた。

その居場所さえ確かにシミュレートできるなら、この魔弾は決して外れない。

意識を集中させる。

右眼に仮想の照準が映る。

手に持った銃は眼球にまで回路を繋げているため、こうして集中すれば、狙いを視覚化することができた。とはいえ透視や自動照準ではなく、狙うのはあくまでも俺自身だ。

空中での天井越し狙撃。外せば、末路は容易に想像できる。

それでも俺は、迷うことなく引鉄を引いた。


「疾れ、——《黒妖の猟犬》ッ!!」


必殺の魔弾が征く。

あぎとを開くは雷の牙。熱量を伴う浅緑の口腔が、天井をすり抜け上階を呑み込んだ。

続けざまに轟き、混じり合う二度の爆発音。

旧界遺物であるブラスター——《黒妖の猟犬》と銘打たれたそれが放つ弾丸は、多数の対象を同時に撃ち抜く魔術的な電撃波だ。小型機程度は、内側から一発で爆散させる。

天井越しにそれを確認しながら、俺は背中から廊下に落ちる。

周囲を傷つけず、狙った敵だけを爆散させる第二術式（セカンドバレット）は便利だが、雷撃を放つ単体攻撃用の第一術式（ファーストバレット）と同じく、やはり手応えに欠けていた。

「はあ……、勝った」

小さくそう言葉にするが、安堵（あんど）するのは早計だ。

それを塗り潰すだけの窮地が、まだ目の前に続いているのだから。

——こんな調子で、俺は本当に生きて帰れるんだろうか。

何度目になるかもわからない思考。気を抜けばすぐに鎌首をもたげてくる不安を、俺はかぶりを振って強引に忘れる。弱気になっても、事態は何も好転しない。

なんのためにここまで来た？

決まっている。自分が、英雄になれることを証明するためだ。

その事実を忘れるな。それさえ覚えている限り、俺の心は決して折れない。

——お前に英雄になる資格などないのだと。

これまでの全てを切り捨てた、あらゆるものを見返すために——。

レス・
Record
レコード

Hey ウル、
世界の救い方を教えて

Hey UI, tell me how to save the world

著 涼暮皐
イラスト GreeN

これは決して歴史に遺らない
人知れぬ戦いの物語

This is a story that will never go down in history.
The story of a battle that will never be known.

第一章『前線の街の青年』

英雄になりたい。

それが物心つく頃からの俺の——レリン＝クリフィスの夢だった。

少なくとも俺はそのために今まで生きてきたし、それだけの手応えもあったのだ。

けれど結論から言えば、俺の夢はもう一生、叶わないことが決定している。

なぜなら、今の時代において英雄とは選ばれるものであるからだ。

俺はそれに選ばれなかった。お前にはその資格がないのだと突きつけられてしまった。

俺の人生から、最後の意味が失われた。

——証が、手に入らなかったのだ。

それだけのことで、そして、それが全てだった。

救道院の講堂前の廊下にある掲示を漫然と眺めながら、俺は無言で立ち尽くしている。

この救道院では、滅びかけのこの星で人が生きていくための様々な技術を子どもたちに教え、自立のための支援を行っている。要するに、孤児院と学校を兼ねたような施設だ。

目の前の掲示板は救道院の成績通知に用いられているもので、先月末時点での院内での成績順に、上位二十名までが告知されていた。

羅列される院生の名前。そのいちばん上には、このように記されていた。

首席――レリン＝クリフィス。

「…………」

せめて笑ってみようと試みたのだが、喉からは言葉にならない空気が零れるだけ。

目に映る掲示は、この救道院における最高成績者の名を示している。

それが紛れもなく自分の名であることが、もちろん俺にわからないはずもない。

だが、もはやそんなことにはなんの価値もなかった。

成績通知の上に重ねられる形で今、掲示板には別の知らせが貼り出されている。

『速報』『我らがネガレシオ救道院が誇る予言の英雄』『教会の洗礼が執り行われ――』

文字を読む目がどうしても滑る。

そりゃあ一大ニュースだ。世界を救う《予言の英雄》が、この救道院から一気に四人も選ばれたというのだから――どうでもいい成績通知の上に重ねられても文句は言えない。

たまたまいちばん上にあったから、という理由だけで自分の名前がはみ出ていることがいっそ馬鹿らしく思えてくる。

なぜなら、俺は英雄として選ばれることはなかったのだから。

成績が一位だからなんだ。全ては英雄に選ばれるための努力だったというのに、結果がこれでは笑い話にもなりはしない。

俺の夢は、叶わなかったのだ。

そうと知ってから一か月以上が経って、それでも現実を認めきれずに虚しく掲示を見る自分が、あまりに愚かしく思えてくる――いや、事実どうしようもなく馬鹿らしい。日を改めて見直せば、自分が選び直されていると考えたわけでもないのに。

「――っ!!」

そのとき。背中に近づく気配を感じ、俺は咄嗟に後ろを振り返った。

「わ、レリン？」

凛とした声音が、甘く耳朶を揺さぶる。

視界で、赤く艶やかな髪が流れた。

「びっくりした……相変わらず、妙に後ろの気配に敏感だよね、レリンって」

意志の強さを感じさせる、鋭いが美しい黒茶色の双眸。

それがほかでもない自分に向けられていることが、なぜか耐えがたく感じられた。

「……アミカか。旅行から戻ってくるのは明日って聞いてたが、意外と早いお帰りだな」

思わずつっけんどんな口調になってしまう俺。

彼女――アミカ＝ネガレシオも、この返答には形のいい眉を顰めた。

「何それ。早く帰ってこられたのが不満なわけ？」

「いや、……そうじゃない。悪かった。知らなかったから驚いただけだ」

首を横に振る。不機嫌を彼女に押しつけるのは、さすがに格好悪すぎるだろう。

「それより、なんだその格好？　エプロンまでして……」

「うっ」

話を逸らしつつ突っ込むと、アミカは前髪で目を隠すように俯いた。

普段とは違うエプロン姿でいるアミカは、なんでか木製の箱を手に持っており、それを首からかけたヒモで支えている。箱には《新商品・冒険弁当　今限りの大特価！》という文字が手書きされた紙が貼りつけられており、まさにいかにもな売り子スタイル。

「名高きネガレシオ救道院が院長の娘ともあろう者が、なんで弁当売り歩いてんだ……」

「うるっさい、厭味ったらしい説明すんな！　食堂のおばちゃんたちに頼まれちゃったんだから仕方ないでしょ……！」

「まあ、そんなこったろうと思ったけどさ。また雑用やってんのか。飽きないな」

ちなみに冒険弁当とは、冒険に行くときに持っていく的な意味合いではなく、考案した食堂の職員がつい冒険しちゃった突飛なメニューの弁当のことだ。だいたい売れない。

大方、アミカちゃんが売り子やってくれれば助かるわー、とかなんとか言われて、在庫処分を押しつけられたという辺りか。その手の頼みをアミカは基本、断らない。

結果、謎のバイトで妙な格好をしているアミカは、今や院の名物と化していた。

「あんたも協力しなさいよ。ひとつ渡すから」

　そんなことを宣うアミカに、俺は顔を顰めて首を振る。

「嫌だよ……。食堂の冒険メニューにはとっくに懲りてんだ俺は。二度と食べん」

「そこをなんとか、的な？」

「お前、忘れたとは言わせねえぞ。例の《目玉商品》とかいう絶滅センスの弁当を、俺に押しつけたときのこと。フタ開けたら眼球並んでたんだぞ、あり得ねえ。トラウマだわ」

　お昼まだ？　それはよかった。ねえ、よかったらコレ食べない？

　――という流れで渡された弁当の、フタを開けたらアレだった俺は泣いていいと思う。

「体にはいいらしいじゃん。いろんな食べられる目玉を仕入れるの大変だったらしいよ」

「知るかよ。体によくても目に毒だわ。目が。努力の方向性がおかしいんだよ」

「その件は悪かったけど……ほら、たまにアタリのときもあるじゃん」

「言っちゃってんじゃん、たまにって……今回、何？」

「さあ？　旧文明の食事を再現しようとしたとかなんとかで、なんかブロック状の肉とか入ってた気がする。あとなんか、緑色したゼリー状のよくわかんない塊とか。どう？」

「その食欲を微塵もそそらない説明で買うと思う？」

「まあそう遠慮せず、ほらほら」

「遠慮じゃねえよ拒否ってんだよ……！」

　弁当を押しつけようとしてくるアミカと、しばらく睨み合いが続いてしまった。

なんとか全力で拒否し続けると、やがてアミカも諦めて小さく息をつく。

それから首を振り、彼女は俺の全身を上から下まで眺めると、呆れたようにひと言。

「にしても。レリンこそ何、その格好？　そんなヨレヨレの服で、髪もボサボサ……規律正しきネガレシオ救道院の首席として、ちょっとは外見も考えて生活してほしいよ」

救道院の首席という言葉が、戻りかけていた俺の冷静さを再び奪い取った。

だからなんだ？　そんな肩書きにはなんの意味もないと、ほかでもないお前が証明したじゃないか——喉まで出かかった言葉を、わずかに残った理性がなんとか押し留める。

「それでも、選ばれなかっただろ」

「……っ」

「お前とは違うんだ。もう、努力する理由なんてひとつもねえよ」

いや。結局、何も押し留められてはいなかった。

俺は言わなくてもいいことを言って、意味もなくアミカを傷つけてしまう。

——アミカ＝ネガレシオ。

この救道院の院長の娘であり、総合成績では俺に次ぐ二位の院生。中でも魔術に関する才能は飛び抜けており、それに限って言えばダントツの一位を記録している。

そして、選ばれた四人の英雄——いずれ世界を救うとされる英雄たちの内のひとりでもあった。

言ってしまったことに後悔して、俺は視線を目の前の少女に向ける。

だが悲しげな表情で肩を震わせる姿を見た瞬間、気まずくなって再び視線を逸らした。

彼女は悪くない。

俺が選ばれなかったことを気にしていると知っていて、だからこそ気を遣わず、普段と変わらない接し方を選んでくれた。それこそが、アミカなりの気遣いだとわかっていた。

——悪いのは、その優しさに応えてもやれない俺のほうなのだ。

「あー……教都の教会はどうだった？　英雄になるんだ、もてなしてもらったんだろ？」

話題を変えるように俺は言う。

まっすぐに向け直した視線——それを今度は、彼女のほうから外して。

「……別に。洗礼の儀式とかいうのやって、すぐ帰ってきただけだし」

「ああ、そう。そうか」

「……っ、そんなことよりレリン——」

「そろそろ帰るわ」

何かを言い募ろうとするアミカを、わかった上で制止する。

話したくなどなかった。彼女が何を言うかなんて、ほとんど予想できてしまう。

なにせ選抜の結果が発表されてから、何度も実際に聞かされてきたのだ。慰められても叱咤されても、何を言われても俺は素直に聞き入れられないだろう。

　──お前は選ばれたじゃないか。

　──俺より下の順位だったのに。

　これから過酷な運命を課される未来の英雄に、そんな言葉は聞かせられなかった。

「大変だろうががんばれよ。何ができるでもないが、幼馴染(おさななじ)みだ。応援くらいはするさ」

「……、レリン」

「なにせ敵は大量の機械生命(スカヴエンジヤー)と、それを支配する《厄災の魔女(せかいのおわり)》だ。とっくに滅びかけのこの世界が、本当に滅んじまう前に……どうか俺たちを救ってくれよ、予言の英雄様」

　当てこするような言い方になってしまったが、今日くらいは許してほしい。

　今後は会う機会も減るだろう。これから教会の戦力となる彼女たちは、俺とはまったく違う人生を歩んでいくのだ。縁など、ここで切ってしまったほうが後腐れなくていい。

　踵(きびす)を返し、その場を立ち去ろうと俺は足を踏み出す。

　そんな負け犬の背中に、それでも声をかけることを彼女は選んだ。

「──お父さんみたいな英雄になる夢、もう諦めるわけ？」

「………………」

　一歩目で足を止められた。でも振り返れない。

　背中を見る気配が、その視線が、さらに鋭くなっていくことを肌で感じる。

「聞いたよ。あれからずっと講義にも出てないって。そのくせ、ここには来てるんだ？」

「………」

「ねえレリン。あんた、本当に諦めて――」

「――うるさいな。俺のことは放っておいてくれ」

だから、俺はそれを断つ。

アミカに振り返って俺は言った。

「俺はもうグレたんだよ。これ以上、真面目な優等生なんてやってられっか。そんなことしてたって何も叶えられないって、それではっきりしてんだから」

言いながら、すぐ脇に掲示されている成績表を目で示す。

この救道院で育ち、学んできた多くのことを思い出しながら俺は自嘲する。

「今後は俺のやり方でやる。もうここに用はない」

何か言いたげなアミカから視線を切って、俺は今度こそ救道院の敷地を後にした。

※

「――それで捨て台詞吐いて逃げてきたって？　ずいぶん女々しくなったな、レリン」

「捨て台詞じゃないっての。俺はもう優等生はやめたんだ。不良になったんだ！」

絡み酒であった。対面に座る男の《うーわ、めんどくさ》という視線が突き刺さる。

夜。もう日付も変わろうかという時間に、俺は街の酒場で管を巻いていた。

「不良ねえ……わざわざそういう宣言してくるトコが、もう真面目だよお前は」

呆れた様子で俺を見つめながら、対面の彼――ライナー＝ヴァルツェルは肩を竦める。

グレるために酒をかっ喰らっていたところ、たまたま店で出会った年上の友人だ。

「それ、どういう意味だよ？」

杯を置いて訊ねた俺に、ライナーは赤銅の髪をわしわしと掻いて。

「言葉通りだよ。グレるならひとりで勝手にやってりゃよかったじゃねえか。そうだろ？

それをお前、わざわざお嬢様に報告してんだから律儀以外の何物でもねえ」

「はー、違いますけどー？　怒りに任せて宣言してやっただけですけどー！　すみません
店員さん、お代わりお願いしますっ！」

「飲みすぎだ。水にしとけ」

「……じゃあ水でお願いします！」

「聞くのかよ……」

ライナーは馬鹿を見る目を俺に向けていたが、自分の酔い具合を把握しているのだから、
むしろ賢い者に向ける目をすべきだった。おそらく彼も酔っているのだろう。たぶん。

そんなことを考えながら、なんの気なく俺は店内を見回す。

雑多な喧噪。忙しなく杯を運ぶ店員と、それに手を振る客たち。

いかにも荒くれ者の集う酒場の風情だったが、言うほど治安は悪くない。

いかにも安っぽい木製のテーブル。並べられたそれらを見下ろす形で、あまりにも文明レベルが異なる場違いな映像モニターが、天井近くでニュースの文面を羅列していた。

そんなこの街の雰囲気が、ことのほか俺は気に入っている。

店員から水を受け取り、一気に喉へ流し込む。ライナーはそんな俺を一瞥(いちべつ)すると、

「で、お前どうすんだよこれから。フロントを出るのか?」

「…………」

この街が《開拓者の前線(パイオニア＝フロント)》と呼ばれるようになってから、歴史的にはまだ日が浅い。

ロストガーデン――圏外域との境界になるこの街は、ほんの数十年ほど前までは、まだ圏外域側とされていた領域だ。猛毒の魔素(まそ)で満ち、機械生命(スカヴエンジャー)が闊歩(かっぽ)する死線。

それを開放し、人類の文明域を広げる前線に変えたのが、ある《英雄》の功績だった。

「まあ、これからのことはこれから考えるよ。とりあえず院はもうサボってるし……」

「別にお前の人生だ、お前の好きにしてくれりゃいいんだけどな」

「……悪い」

「俺に謝ってどうすんだよ、バカ」

ライナー＝ヴァルツェルとは物心つく頃からの友人だ。

正確には後見人と言うべきかもしれない。彼が亡き父の仲間(とも)であったという縁で、幼い

俺のことを、ずっと見守ってくれていたわけだ。

まあ当人は「別に面倒は見てない」と言っているし、事実そんな感じだ。ときおり言葉通り様子を見にきてはくれるが、見る以上の何かをしてもらっていたわけではなかった。年の離れた、けれど気の置けない友人と呼ぶのが感覚的には近い。俺はずっと救道院で暮らしてきたし、ライナーも基本的には忙しくしている。顔を合わせるのも稀だった。

元々、ネガレシオ救道院は圏外域へ消えていった開拓者たちの遺児を集めた支援施設として設立されたものだ。創設者はアミカの祖父母夫妻である。

いずれ院を出るときに備え、世界を生き抜くためのあらゆる力を――。

そんな理念で運営されてきた結果、出身者の中から、自分を遺して消えた親たちと同じ道を選ぶ者が、なぜか後を絶たなかったのだという。なかなか皮肉な話ではあった。

ともあれ現在の救道院が、圏外領域へ挑む攻略者の訓練施設としての側面を大きくしているのは、その辺りが発端となっていた。

現在の救道院長は、アミカの父親が務めている。

「でもお前、せっかくの才能だ。きちんと卒業して圏外探索の資格は貰っとけよ」

痩せ型だが引き締まった肉体で、ライナーは言う。

彼はベテランで、世間的にも高い評価を得ているプロの圏外探索者だ。単純な圏外滞在時間の総計で言えば、間違いなく今の人類ではトップクラスだろう。

そんなライナーの言葉には、さすがにそうそう反発できない。

「院生はフリーパスだから忘れがちだが、普通は圏外域に出るにも資格がいるんだ」

「どうせ人類圏は全方位、機械生命の領域に囲まれてるんだ。出るだけだったらどこでもいい、こっそり人類圏の端っこに向かえばその先は圏外でしょう」

「そりゃ、出るだけだったらな。そういう意味で言ってるわけじゃねえよ」

本質的な意味で、圏外探索には資格など必要としない。

その行為はただの自殺でしかないからだ。出るだけだったら、どこでもいい、この人類領域から一歩、外へ出れば済む話だ。わざわざこの街の《出入り口》を使う必要はない。

それでも探索者がこの場所に集まるのは、だから本質的には、出るためではなく帰ってくるためと言うべきだろう。同じ圏外でもこの街の周辺は比較的、探索が進められ安全が担保されている。少なくとも、なんの情報もないほかの場所よりは遥かにマシだ。

それは必然、同じ志を持つ仲間を集めやすいことも意味している。

情報と数は、死地に挑むに当たり最低限、必須になる武器だ。それらが手に入れやすいからこそ、この街は《開拓者の前線》と呼ばれ、命知らずどもが集ってくるのだから。

「それともなんだ？　本気でそんな自殺行為をやっていくつもりでいんのか」

「……これからは真っ当に働くって選択肢もあるじゃないですか」

「グレて不良になったって、ついさっき自分で言ったばっかじゃねえか」

「つーかどの道、お前に働き口はねえよ。お前が首席なのはあくまで圏外志望者の中での話だろ。真っ当にやってく連中は、最初っから相応の勉強してる。今さら遅すぎるわ」

「そうだった……」

「…………」ぐうの音も出ない正論であった。

生徒に《生き抜く力》を与えるのが救道院の方針だが、俺が教わってきた力は、だいぶ直接的な意味合いのものに偏っている。戦闘訓練に明け暮れすぎて潰しが利かなかった。

今の時代、求められるのは即戦力として扱える人材である。

そうか。俺って就職口、どこにもないのか……。

「……気持ちは、わからんでもないがな。正直お前は選ばれるもんだと、俺も思ってた」

小さく零すように言ったライナー。その目は店内のモニターに向けられている。

画面に流れるトップニュースが《予言》と、それに謳われる《英雄》に関連するものであることは言うまでもない。今の人類にとってこれ以上の関心ごとはないだろう。

なにせ、彼らだけがこのどん詰まりの絶滅危惧種――人類を救えるというのだから。

「予言の世代。人類の文明圏を押し広げる選ばれた五人。復活する《厄災の魔女》を打倒し、滅びを防ぎ――人類に再び、かつての機械文明の栄華を取り戻す、か……」

「まあ、神様の予言だし。俺にゃ関係なかったってコトでしょ」

あっさりと俺はそう応じた。

——遥かな太古、人類は天上を覆う星々の海までその文明を届かせたのだという。

科学と魔術の両面を進歩させ、機械の命まで生み出した。紛れもなくこの惑星の支配種として君臨し、現代からは想像さえできない繁栄の絶頂を謳歌していた。

けれど今、人類は惑星の頂点を失って久しい。

あるひとりの魔術師——《厄災の魔女》が機械生命を支配下に置き、人類全体に反旗を翻したのが原因だと言われている。彼女は本当に世界を滅ぼそうとしたのだという。

結果から言えば、魔女による反乱は失敗に終わった。

五名の英雄が魔女と戦い、その魂を封印することに成功したのだ。

だが、英雄たちは現れるのが遅すぎたのだ。

あるいは、魔女が現れるのが早すぎたのか。

魔女が封印されたときには、もう人類は取り返しがつかないほどに数を減らしていた。

科学も魔術も問わず、あらゆる技術はその知識を持つ者とともに失われている。

人類の文明は大きく時を後退させてしまっていた。

何よりそれ以上に、地表の大半が魔素によって汚染されてしまったのが致命的だ。

魔素の中でも生存できる——否、魔素をエネルギー源として活動できる機械生命群に、人類は住処の大半を奪われた。それから幾星霜が経った今も、状況は変化していない。

人類は、緩やかに滅亡への針を進めていた。

これを解決するとされているのが、教会によって予言された英雄候補たち。俺と同じく今年十九になる人間の中から、かつてと同じく五人の英雄が現れる……。

それが、教会における《神の予言》だった。

曰(いわ)く――これから先の未来の指針が示されているという神の書物が教会には実在する。

文字通りの《予言書》というわけだ。

神がその資質を、世界を救うに足ると認めた五名が選ばれ、その証(あかし)として教会の洗礼を以(もっ)て、体のどこかに《聖痕》を刻まれる。

とまあ、そんな予言に従って選ばれたのがアミカたち《予言の英雄》というわけだ。

「まあ気にすんなよ、予言なんて」

気楽な様子で、ライナーは俺に向けてそう告げた。

あえてそうしてくれているのか、いや、これは彼の本心だろう。俺は笑う。

「そんなこと言って。熱心な信徒に聞かれたら怒られるぞ」

「いねえよ、こんな場末の酒場に。教会に信心向ける類いの奴(やつ)は教都に住むもんさ」

教会は信仰の強制どころか布教活動さえ行わない。

彼らは教えを説くのではなく、ただ研究と検証を繰り返して確認された事実を公表する組織に過ぎず、その本質は宗教団体というよりも研究機関に近かった。

問題は、その教会が神の実在を証明した組織だということだが。

——なにせ教会の予言は必ず当たる。

宗教組織ではないはずの教会が、それでも信奉者を集めている最大の理由がそれだ。

「かもしれないけどさ。そんな調子で付き添い大丈夫だったわけ？」

「ん？　ああ……」

彼は、選ばれたアミカたちの付き添いで教会の総本山がある教都まで向かっていた。

なにせ五名中、四名までもがネガレシオ救道院から選ばれたのだ。面会を兼ねた教会の任命儀式——いわゆる洗礼を執り行うため、この前線の街からの送迎を担当していた。

「つったって儀式までは見てねえよ。教都観光はしたが」

「儀式っていったい何したんだ？」

「だから知らねえって。俺が確認したのは噂の聖女様の顔くらいだ。かわいかったぜ」

「何を確認してんだよ……」

確かに教会には、神の声を聞く聖女がいるとかなんとか聞いた気がするが。

興味がなさすぎてよく知らなかった。そもそも俺は教都まで行ったことすらない。

「聖女……って確か何年か前に、教会が急に幼い少女を祀り上げたとかいうアレだよね」

「ああ。魔女が人類を滅ぼす側ならその逆もいるはずだ、みたいな感じで探し当てたって話だったな。俺も詳しくは知らねえけど、教都周りのほうじゃかなり人気らしいぜ」

「人気って……なんか特殊な魔術的才能があったとか、それ系の話なんじゃ？」

「俺に訊かれても知るわけねえだろ」

仮にも学術機関たる教会が保護している以上、何かしら相応の根拠はありそうだが。

それとも、まさか本当に信仰へ縋る者のための偶像だとでもいうのだろうか。

「教都は盛り上がってたぜ。ついに英雄が動き出したってお祭り騒ぎだ」

「はは……そのまま聖人として祀り上げられそうだね。いよいよ宗教じみてきてる」

冗談のつもりだったが、言っていてあり得るような気もしてきた。

教会は、いわば最先端研究所だ。旧文明技術の再開発に成功した例もいくつかある。

発展した分だけ旧文明に対する憧れも強い、ということだ。かつての栄華を取り戻して
くれるかもしれない英雄たちに、過度な期待を抱いている者もいることだろう。

「でも少し意外だよ。ライナーが聖女様に興味を持つとは思わなかった」

「ん？　あー、そうか、お前は知らねえのか」

「え？」

「教会の聖女様だよ、五人目は。見てきたってのはそういう話だ」

「あ……ああ、そういうことか……」

どうして急に聖女の話が出てきたのか、これで得心がいった。

なるほど、教会の信者に人気の聖女様が五人目の英雄ともなれば、話題性も強くなる。

いや、魔女の対抗馬として探し出されたのだから、考えてみれば当然の成り行きか。

「そういうことだよ。言ったろ？　だからお前が気にする必要はねえってコトさ」

俺は目を見開いて顔を上げる。ライナーは笑って、

「予言の英雄っつったってよ、結局は教会の息がかかった奴が選ばれてるってワケだ」

「…………」

「救道院だって、組織としちゃ教会との結びつきも強い。どこの誰とも知らない一般人がいきなり選ばれるならともかく、きちんと訓練を受けた連中や聖女が選ばれてる時点で、神様が予言していた、なんてのもどこまで本当かわかりゃしねえ。違うか？」

「……教会のお偉方の意向が含まれた選定だ、って？」

「そう考えるほうが自然だろ。そりゃ教会の本部には、本当に予言書があるんだろうとは思うぜ。そこに『魔女が復活するのでどうにかしましょう！』とか書いてあっても、別に不思議とは思わねえ。ただ、本当に個人名が五つ載ってるとは考えにくい気がするがね」

――神様が人間なんかをひとりひとり見てるとは思えねえよ。

ライナーは淡々とそう語る。投げやりなその言葉に含蓄を感じるのは、彼が歴戦の探索者だからか。救われなかった人間なんて、それこそ山のように見てきたことだろう。

事実、少なくとも神は機械に滅ぼされる人類に、救いの手は差し伸べなかった。

そんなふうに考える人間のほうが、むしろ多いのかもしれない。――ただ、

「どっちにしろ同じことだよ。才能を磨ける環境にいる運命も含めて、才能なんだから」

聖女はともかく、それ以外の四人のことは俺も知っている。

その全員が選ばれるに足る才能を持っていた。俺にはそれがなかっただけだ。

「そうか。ま、なら本当に神様が選んでんのかもしれねえけどな」

「んな適当な……」

「だが少なくともお前の親父(おやじ)は、この街を作り上げた英雄だ」

「――………」

「教会に頼らず、自分の力で英雄になったんだ。お前も悲観する必要はねえ。だろ？」

その通りだ――まったくもってその通り。

ライナーの言葉は正しい。誰が選んだわけでもなく、自らの力で《英雄》と呼ばれるに至った男は、かつて確かに存在した。反論の余地もない正論だ。いっそ暴力的なほど。

予言の英雄に選ばれるかどうかなんて大した問題ではない。要は何を成すかだ。

たとえ選ばれなかったのだとしても。

俺には俺で、まだやらなくてはならないことがあった。

「俺は、お前の親父の最期の圏外探索には連れて行ってもらえなかった。合流の予定こそあったが、俺が着く頃にはもう全てが終わっていた。……お前の親父を守れなかった」

訥々(とつとつ)とライナーは、かつての後悔を語る。だがそれらは終わった話なのだ。

「それはむしろ運いいだろ。もし第一陣にいても、死人がひとり増えてただけだし」

「ま、それはそうだ。部隊が壊滅させられたってのに、俺がいたところでどうもならん」

聞く者が聞けば、俺たちの会話はいっそ冷淡に響くのかもしれない。

だが、圏外探索者とはそういう考え方をする者だ。長く圏外を生きるライナーは当然、俺だって下手なプロより圏外には慣れている。だから圏外の現実はよく知っていた。

――どうにもならないことは、どうにもならない。

「圏外に出るってのはそういうことだ。英雄と呼ばれたお前の親父でさえ、たった少しのどうにもならない不運で死ぬ。それは俺でも、もちろん、お前の責任でもないんだぜ」

「……実際、親父のことなんてほとんど覚えてないからね俺」

「ああ。だからこそ俺は、そんなお前が圏外探索者になるなんて言い出すとは、想像していなかった。まして英雄を志すなんて……正直、驚いたのを覚えてる」

「反対してたもんな、ライナーは」

「圏外に出ることを勧める馬鹿のほうがどうかしてるだろ」

「それは確かに」

少し笑う。

ライナーが圏外探索者になったのは、そんな馬鹿に誘われたからだと知っていたから。

「死に急ぐんじゃねえぞ、レリン。お前は、お前ができることをすればいいんだ」

「……わかってるさ」

「どうだか。ガキの頃から英雄になりたいなんて言い張り続ける馬鹿、信用できねえよ」

それは酷(ひど)いな、と俺はわずかに肩を揺らした。

珍しい、ライナーなりの慰めだったのかもしれない。

──ああ、だからこそ。

「帰るよ」

「レリン？」

息をついて立ち上がった俺を、ライナーは怪訝(けげん)そうに見る。

薄く笑って俺は答えた。酔いなんて、簡単な魔術ですぐに覚ませるのだ。

「俺には俺で、まだやれることがある……ライナーの言った通りだ」

「……妙なコト企むんじゃねえぞ」

訝しげなライナーに肩を竦(すく)めてから、俺はその場を辞した。

そのまま自宅へ向かう。多くの孤児は救道院(きゅうどういん)の寮で暮らしており、俺もそちらに部屋を持っているが、それとは別に俺は家をひとつ持っていた。

とはいえ小さく狭い、そして古びた一軒家だ。

管理なんてほとんどしておらず、たまに来て掃除をするくらいのもの。物心つく頃には救道院にいた俺にとって、この家で暮らした記憶などゼロに等しい。

ここは、俺の父親の家だった。

鍵を開けて中に入る。奥の部屋にある大きな《箱》が俺の目当てだった。

機械めいた黒色のそれは、どんな材質でできているのかさえまったくわからない。ただ恐ろしく硬く、それでいてただの立方体にしか見えないため、金庫としてはそれなりだ。

――旧界遺物。

科学／魔術を問わず今の人類にとっては失われた技術（ロストテクノロジー）の産物。いや、旧時代の遺産は、科学と魔術の混合技術の結晶であることも多い。単に現代では見分けられないのだ。

命の危機と隣り合わせの圏外域に、人類が挑む最大の理由はこの遺物にある。

誰も、本心で《人類領域を拡（ひろ）げよう》なんて考えちゃいない。そんな面倒なことは偉い予言の英雄様にでも任せておけば済む話なのだ。圏外へ挑むのは見返りがあってこそ。

かつて人類が創り上げた文明を奪い取り、その死体の上でのうのうと暮らすモノ。

今の人類が機械生命たちを屍肉漁り（スカヴェンジャー）と呼ぶのは、そういう皮肉が発端だったと、いつか授業で聞かされた。それが、開拓精神を失った人類に跳ね返っていることこそ皮肉だが。

「さて……」

呟（つぶや）き、俺は箱の表面に手を触れる。

その瞬間、人間の声にしては硬質で無機的な音声が箱から流れ出す。

『生体認証：遺伝情報確認――ロックを解除します』

鮮やかな黄色をした光の線が、箱の表面を複雑に走る。

この箱の鍵は俺自身。俺が触れることでロックが外されるシステムになっている。

圏外域へ消えた親父（おやじ）が遺（のこ）した、形見だった。

設定した特定の人物だけが開錠できる、便利な収納箱の旧界遺物というわけだ。

もっとも設定を変更する方法がわからないため、今や俺にしか意味のない箱ではある。

中身は知っていた。実は何度も取り出して、こっそり訓練を重ねていたから。

仕舞（しま）われているのは《黒妖の猟犬（ブラックドッグ）》と銘打たれた、一丁の銃である。

かつて最前線の英雄と呼ばれた男――俺の父であるウィリアム＝クリフィスが発見した貴重な旧界遺物だ。相応のところに売り払えば、一等地に豪邸を建てても余る値がつく。

ただ形見とはいっても、剣士だった父は射撃の才能（センス）が壊滅的になく、自分で使うことはほとんどなかったと聞き及んでいる。その意味では、あまり形見としての実感はない。

銃と、そしてこれは父が作ったという専用のホルスターを取り出す。

さらにその下にはもうひとつ、別の形見が置かれている。

「……ここに……」

知らず呟きながら手に取ったものは、こちらも旧界遺物である一枚の板だ。

つるつるとした不思議な手触りで、表面はモニターになっている。

そしてこの中には、父が探索の中で得た圏外域の情報（データ）が地図の形で遺されているのだ。

「………」

俺に残っている父の記憶など、実はほとんどない。

ウィリアム＝クリフィスが未帰還となった最後の冒険は、俺がまだ四歳のときのもの。

この街を拓いた英雄とされる男が、己の父であるという実感はないに等しい。

それでも俺は、父親を尊敬していた。英雄と呼ばれる彼を誇りに思う。

母親に至っては、どこの誰なのかさえ知らないのだ。幼い頃の俺が、話に聞いた唯一の肉親である父の武勇伝に憧れることなんて、我ながら自然な流れだったと思う。

ただまあ、それ以上の特別な想いがあるかと問われれば、怪しいとも思うのだ。

俺がウィリアムに憧れたのは、父親だからというより、歴史にその名を遺した偉大な男だからというほうが正解に近いのだろう。息子としては薄情かもしれないが、彼のほうも親父としては、まあ失格と言っていいのだから。その辺りは許してもらいたかった。

なにせ遺されたのはこの古びた家と、冒険に持ち込まれなかったこれらの遺物だけだ。

……それだけで充分な絆だと、少なくとも俺は思えている。

ふたつ目の形見であるデバイスを起動して、モニターにマップを表示させる。

地形情報自体は古い。父が冒険で得た貴重なデータではあるが、今となってはそれほど価値もないのだ、この地図そのものには。

ただここには——おそらく未だ俺の父しか知り得ないであろう情報も残っている。

『レリン。
もしお前が俺と同じ道を歩むと決めたのなら。
そのときは、この場所を目指してみろ。
　面白いものが置いてある』

マップの中に一点、記録された地点情報と、父が遺したのであろうメモ。
――その場所に行ってみようと、俺は考えていた。
いったい何が残されているのかはわからない。あるいは何もないかもしれない。
父が亡くなって以降、圏外域の開拓はまったくと言っていいほど進んでいなかったが、
それでも圏外に挑む人間がゼロになったわけじゃない。たとえばライナーのように。
俺が知らないだけで、もうとっくに誰かが探索してしまった可能性もある。
「それでも。少なくとも親父はここまで辿り着いてるんだ……」
もう十年以上も前のウィリアム＝クリフィスにすら及ばないのなら。
なるほど確かに、俺には英雄の器がなかったのだろう。
教会の見立ては正しかったことが証明され、俺のこれまでは今度こそ価値を失くす。
逆を言えば、――証明しなければならないのだ。
誰のためでもない。ほかでもない俺が、俺自身のために――これまでやってきたことは

無駄ではなく、俺はまだ英雄に憧れていてもいいのだと。

そう、証明する必要があった。

「…………」

すっと、目を閉じる。これまでのことを思い出す。

『そうか！　君は、あの英雄の息子なのか！』

『君のお父さんは偉大な人だった。あの時代は本当に素晴らしかったよ』

『彼ほどの探索者はほかにいなかった。君も誇りに思っていい』

父を称える言葉なら、それこそ何度も聞いたものだ。

俺はこの街で生まれ育った。父親が英雄であると聞かされて、ならば俺は、父親以上の成果を生み出さなければいけないと思った。それが俺の、生まれてきた意味になると。

だから努力を重ねてきた。

圏外域に挑むこと以外の目的を捨て、そのために身につけられるもの全てを身に着けてきた。ちょうど予言が騒がれ始め、自分がその世代に該当するのだと知らされた。

これだ、と思った。

親父は英雄だ。人類で初めて、そして唯一、圏外域を人類の手に取り戻した男だ。

けれどそれだけでもある。

この広い星の、ほんのわずかな街ひとつ分。

あの偉大な父親でさえ、取り返すことができたのはたったそれだけなのだ。

人類は《前線の英雄》ウィリアム＝クリフィスの死後、生存圏の拡張をほとんど諦めてしまっている。あの英雄でさえ圏外に散ったのなら、もうできることはないのだ、と。

あとは予言の英雄に全てを任せてしまうべき。それが今の人類の結論だった。

だからこそ。

俺が、俺として、レリン＝クリフィスとして身を立てるには、きっとそれ以上のことを成し遂げなくちゃ嘘(うそ)だと思った。世界を救えるのなら、それ以上はないと思ったのだ。

だが俺は、その五人の中には選ばれなかった。

なれると信じて努力して、一番になって——だがそんなことはなんの意味もなかった。

当然だろう。だって俺はまだ何ひとつ成し遂げていないのだから。

思うだけでは足りない。実現して初めて成果だ。

俺は、それを手に入れなければならない。

少なくとも父は、誰に選ばれることもなく自らを英雄であると示してみせたのだから。

「……行こう」

バックパックを背負う。

武器に、携帯食料(レーション)や安定剤(スタビライザー)の小瓶(アンプル)。街の魔術師(クリエイター)が作った簡易用の貼付式癒術符(ヒーリングテープ)——魔術用の術式が込められており、傷口に貼っておくと少しずつ癒(いや)してくれる——等々。

圏外域挑戦に必要なものは最低限、揃(そろ)えてある。

あとは俺に、その実力と才能があるかどうかの問題だけ。

──賭け金(ベット)が俺の命だけなら、全てのハードルはクリアされている。


こうして俺は、たったひとりでの圏外域挑戦を決意した。

それがどうしようもない逃避であることを、頭の片隅では理解していながら──。

※

「クソ……。なんか、頭……ぼんやりしてきたかも……」

疲労を訴える体に鞭(むち)を打ちながら、なんとか安全そうな場所に辿(たど)り着(つ)く。

もっとも保証はない。さきほどだって、機械生命(スカヴェンジャー)の気配がなさそうだと踏んで侵入した建物跡で、見事に三機の飛行型を引き当てている。貴重な弾薬を消費させられたのだ。

この銃──《黒妖の猟犬(ブラックドッグ)》は、撃ち出すものが雷撃であり、厳密な意味での弾薬を実は必要としない。だが無論、撃つたびに消費されるエネルギーは何かで賄う必要があった。

具体的なことを言えば《魔力》である。

魔術に費やすためのエネルギー。人間や機械生命が体内に溜(た)め込(こ)んでいるもので、このエネルギー自体は魔術師ではない者でも基本的には持っている。

無論、それを用いて魔術を行使するためには才能と研鑽が必要不可欠だが、その過程を丸ごと無視するのが旧界遺物の恐ろしいところだ。

定められた機能――この銃であれば雷の射撃――以外はできないものの、魔力を与えるだけで誰が使っても一定の効果を発揮できる。魔術が苦手な俺でも、魔術を扱える。

そういう意味では、雷を射出する銃というより、雷の魔術を放つ杖と表現するほうが、おそらく本質には近いだろう。まあ、結果だけ見れば似たようなものだが。

なにせ、どちらにせよ弾切れは当然に起こすのだから。

「……魔力を、使いすぎてんな……」

口に出すことで現状を噛み締めておく。どんなエネルギーも絶対に無限ではない。

この銃は全部で三種類の術式を切り替えることが可能だが、さきほど使用した殲滅用の第二術式は、単体用の第一術式と比べて消費が大きい。

強力である分、そう易々とは乱発できない切り札だということ。

何より銃の弾切れなら単に撃てなくなるだけだが、魔力の消費は体調にも直結する。

わずかに感じる頭痛は、もちろん激しい運動を繰り返したせいでもあるが、体内魔力の残量が少なくなっているサインでもある。このまま使いすぎると気絶しかねない。

当然それは、この場所において死と同義だ。

せめてこの銃に、空気中の魔素を利用できる機構でもあればよかったのだが……。

「……あるのかないのかすら、わからんからな……」

圏外域に満ちる魔素と、人間が持っている魔力とは、本質的に同じものであるという。それがなぜ毒になるのかは実のところ俺も詳しく知らなかったが、原理上、この魔銃に込める弾丸は大気中の魔素で代用が利くはずだった——が、その方法がわからない。

旧界遺物に、まさか説明書があるはずもないのだ。

手に入れた親父も知らないだろう。便利な旧界遺物の弱点と言えば、そんなところだ。

ないものをねだったところで仕方がない。

俺の心が折れかけているから、楽な道を探してしまっているのだ。

胸中で、そう自分に言い聞かせる。気を強く持とう。

俺は親父が残したデバイスを取り出し、再びマップを起動した。

こちらに至っては、いったい何を動力として動いているのかさえ不明だが、さて。

「結構、近くまで来られたな……あとちょっとだ」

そう言って自分を奮い立たせる。

……現実逃避だ。辿り着いたところで、安定剤を使い切ってしまった以上は、野垂れ死ぬ以外の未来がすでにないのだと頭ではわかっている——心が受け入れていないだけ。

親父が遺したという《面白いもの》が、俺の生還に役立つという都合のいい奇跡を祈るしかないのだ。それくらいの逃避はしていないと、頭がおかしくなりそうだった。

「今さらになって、変に冷静だよな俺も……、ふぅ。よしっ」

パック詰めのゼリー飲料で最低限の栄養と水分補給を終わらせ、肩を回す。

圏外域を生き残るコツは、下手に移動しないことと、一か所に留まりすぎないこと。

矛盾はない。これは、上手く移動し続けろ、という意味なのだから。

たとえば、さきほどの飛行型機は外部の情報をカメラ越しに受信していた——要するに人間で言う《眼》によって視覚情報を得る機体だ。

だが、違うセンサーを持つ機械もいる。

音、温度、匂い、その他……個体差の激しい機械生命は、似たような見た目でもまるで違う構造を取っていることがあるのだ。中には誤魔化しようのないタイプもいる。

それらを掻い潜るには、結局のところ蠢く機械生命の合間を縫うように移動し続けるのが、最も安全な生存方法と言えた。知識と経験と、あとは運さえあればの話にはなるが。

場所を移るために、一歩を前へ踏み出す。

今、俺はさきほど襲撃を受けた建物から大通り沿いに北上した先にいる。

整然と立ち並ぶ、苔生した廃墟の陰に身を隠しながら、大通りの様子を窺っていた。

やはり大通りに動く影はない。

「………………」

考えてみれば奇妙だ。

これだけ開けた場所なら、もっと何体も動いている機体を見るほうが自然だろう。

最初は、俺の肩を刺してくれやがった多脚の大型機に、周辺の機械生命(スカヴェンジャー)も追いやられたものと考えていたが、あれからそれなりに時間が経(た)っている。

「なんだ？　もしかして、この通りには機械生命たちが近づけない理由があるのか？」

たとえば、それは文明圏に機械生命が攻め入ってこないのと同じような。

俺は足元へと視線を落とした。

こんな滅びかけの世界で、それでも人類がかろうじて永らえている理由は、絶対の安全圏があるからだ。でなければ、とうに機械生命たちに絶滅させられていたことだろう。

大気中に魔素(まそ)が存在しない人類の活動領域に、彼らは絶対に侵入してこない。

それは星の内側を巡る魔力の流れ――地脈と呼ばれるものの働きによる《結界作用(ドメインエフェクト)》が理由だという。侵入どころか、外側から攻撃すらしてこないのだから不思議な話だ。

浄化された人類圏に、汚染された悪(あ)しき機械生命は干渉することができない――という教会の魔術師たちによるご高説の是非はともあれ、事実として父は、その理屈を応用することでかつて《開拓者の前線(パイオニア＝フロント)》を確立している。

この大通りに、人類圏と同じような結界作用が働いているとしたらどうだろう？

大気中に魔素があるかないかなんてことは視覚じゃわからない。

俺がもう少しくらい魔術に長けていれば判別する方法もあったのだろうが、魔術は基本的に天才だけが修めるべき技術の類いだ。努力では、生来の才能を絶対に覆せない。

いくつか基礎魔術を習得しただけで、残りは諦めてしまっていた。

「……いっそ突っ切るか？」

かなりの賭けだ。分がいいのか悪いのかも判然とせず、にもかかわらずチップは命。ただし見返りは大きい。このまままっすぐ進んだ先が目的地の塔である上、もし仮説が正しければ、戦闘どころか魔素による汚染まで回避できるのだ。

生還の目は一気に上がる。というか、そうでもなければ生きて帰れそうにない。

「は……だったら迷う理由はない、か」

意を決し、俺は廃墟の陰から大通りへと身を投じる。

両足に力を込めて、俺はそのまま一気に大通りを駆け出した。

「はあ……は、ふ、ふふ、はは……っ！」

恐ろしすぎて、一周回って笑みが零れてくる。

テンションがおかしくなっていた。今まで何度も襲われてきたというのに、戦うよりもこうして走っているだけのほうが恐ろしく思えるなんて、なかなか新鮮な発見だ。

そう、走っているうちにわかってくることもある。

――本当に何も出てこないのだ。

これはひょっとすると、仮説が的中していたのかもしれない。

圏外域の中に安全地帯があるとするなら、それだけでも大きな発見だろう。

親父（おやじ）も、それならそうと書き残しておいてくれればよかったのに――。

「――――」

刹那。嫌な予感が背筋を貫いた。

その通りだ。もしここが安全ならば、なぜ父はその情報を記しておかなかったのか。

否、父は英雄と呼ばれた男だ。そんな情報を持っていれば、俺に残す以前に、最初から公開していただろう。自分ひとりで独占するような真似（まね）を、父がするとは思えない。

ならば。少なくとも父が生きていた頃、ここはごく普通の圏外域であり。

「う、お……おぉあああぁぁっ!!」

背筋の不快な直感に、俺は全てを委ねて前へと跳んだ。

――昔から、どうしてか背中側の気配には異常に敏感なのだ、俺は。

だから直感に命を預けられたし、だからこのとき、俺の命は少しだけ永らえた。

直後、背後で炸裂音（さくれつおん）がした。

ほんの一瞬前まで立っていた大通りの舗装（アスファルト）が、粉々になって砕け散る。

何も見えない。本当に、何もないところでいきなり爆発が起きたように見える。

「づ――あぁ！」

それでも、そこに何かがいるという直感に従い、銃を抜き放ち、振り向きざまに背後を撃つ。《黒妖の猟犬(ブラックドッグ)》の銃身を、第一術式(ファーストバレット)の証(あかし)である青白い光が走っていった。

鋭く、雷撃が放たれる。

大気中を、対象に向かって落ちるように進む稲光は、引鉄(ひきがね)を引くとほぼ同時に目の前で閃光(せんこう)を弾(はじ)かせる。すぐそこにいた《何か》に命中したからだ。

その一撃が、敵の機能(システム)に影響を与えたのだろう。

目の前が揺らぎ、何もないはずだった空間に硬質な巨体を覗(のぞ)かせた。

「ぐ、くそ……光学迷彩(カメレオン)かよ……っ！」

見えたのは、真っ赤な警戒色を放つ単眼(モノアイ)。体長3メートルほど、痩身の人型を思わせる機械生命――オートマタが、すぐ目の前に立っている。

見破られ、気配を消すことをやめたせいだろう。キ、キィ……というピントを合わせるような不吉な音が単眼(モノアイ)から聞こえてきた。

次に目を奪うのは、そいつの右腕と思(おぼ)しき部分にある、不気味な機構だった。

人間で言う拳から右肘までを一本の鉄杭(てっくい)が貫いているような形で、今の一撃は、それが巨大な圧力でもって地面を抉(えぐ)り抜いたものだとわかる。いわゆる杭打ち機(パイルバンカー)なのだろう。

間違いない。

「戦闘、型の……オートマタ、かよ。こんな、ところでっ！」

絶望が形を伴って、ここに具現化したようなものだった。

多くの機械生命（スカヴェンジャー）は長い年月の中、自律進化を経て武装を獲得している。

どれも人間にとって脅威だが、言い換えればそれは初めから戦闘を目的として創られたわけではなく、いわば後付けで戦闘能力――否、生存能力を獲得したということだ。

だが、目の前に立つような戦闘型の機械生命は違う。

そいつは初めから、戦うこと自体を目的として創造された機械生命なのだ。

その強さはほかと比較にならない。

持って生まれた役割を、そのまま行使する機械生命の性能は、人類を遥（はる）か超えている。

「ま、ず……！」

一瞬の硬直、思考の停止。

死線において時を凍らせることの意味は、痛みによって理解させられた。

蹴り抜かれたのだ。

意識が、敵の右腕の杭打ち機（パイルバンカー）に集中していたせいだろう。

それとは逆側の足を、回すように放たれた蹴りの一撃を躱（かわ）すことができなかった。

「ご――」

肺の中の空気を搾り取られる。

それが致命傷にならなかったのは偶然だ。右側から蹴られたから、右腕がたまたま盾の代わりとなっただけ――片腕を潰す代わりに命を贖った、それだけのことでしかない。

地面を跳ねながら、通りの端の建物の壁まで弾き飛ばされる。

「づ、ぶ……ぐっ」

がたり、と。目の前に銃身が転がった。

痛みも過ぎれば脳が麻痺する。おそらくそんな状態なのだろう。

俺はすぐさま左手で銃を拾い上げ、そのまま無造作に通りの側へ乱射する。

狙いも何もない弾丸は一発も当たりはしなかった。けれど警戒させることには成功したらしく、戦闘型オートマタは身を引いて、追撃はせずにこちらを窺う。

……右腕はもう使えない。

左腕も肩口を抉られていたが、貼付式癒術符のお陰で動かせる程度には回復している。

片腕さえ使えれば銃は撃てるだろう。改めて左手に力を込めた。

もっとも、事態は最悪以下と言っていい状況だ。

せっかく吹き飛ばされたのだから、と半ば自嘲にも似た心境で、すぐ傍の建物の入口へ駆け込む。見たところ、このオートマタもおそらく視覚型センサーだろう。

そう思っていた俺の目の前を、直後、巨大な杭が貫いていった。

「ぐ……っ!?」

巨大な杭が、壁ごと建物の一階を吹き飛ばしたのだ。

喰らえば身体に穴が開く、なんてレベルじゃない。軽く半身は吹き飛ばされるだろう。勢いよく飛び散る瓦礫や砂利を、防ぐことすらできなかった。

ただ細めた視線の先に、破壊した壁の穴からこちらを見据えるオートマタを捉える。

「……センサーは視覚型確定、かな。壁越しに感知されないだけラッキーだね……！」

狙いが正確でなかったことで得た情報を、さも宝であるかのように語る自分が酷く馬鹿らしく思えた。それでも、こうやって建物内の死角を利用するくらいしか今は手がない。

追撃が行われる前に別の部屋へ逃げる。とにかく足だけは止めずに走った。

次々と部屋を渡りながら、その途中、俺は視界に映った階段を上ることにした。せめて高所に陣取ることで、位置の有利くらいは取らないと話にもならない。

おそらく対人レベルを想定されているのであろう杭打ち機では、いくらなんでも建物を丸ごと解体することはできない――そう考えたからだ。

痛む体を酷使して最上階まで駆け抜ける。

体に回った魔素が、あるいは麻酔代わりになっているのだろう。それとも、幼い頃から重ねてきた訓練の成果か。肉体は、こんな状態でもまだ動いた。

崩れかけの朽ちたビルだ。階段も途中が抜けていたりすることがある。

杭打ち機で壊せないというのは甘い判断かもしれない。正確な記録すらないほど太古の建物が、余裕で原形を留めているだけむしろ驚くべきところなのだろうが……。

屋上へ続く朽ちかけの扉を蹴破って、俺は屋外へと舞い戻る。

人類圏だろうが圏外域だろうが、変わらず空を照らす太陽と誤差ほどに近づく位置。

姿勢を屈め、警戒しながら屋上の縁へと近づく。そして下を確認した。

――オートマタがいない。

違う、見えない。ステルス機能は、壊れてはいなかったようだ。

意識を集中させて気配を探る。左手で銃を構えておくのは、いわば気休めだった。

眼球に接続されたターゲット機能は、単なる視覚の補助に過ぎない。狙っている相手に照準を視覚化するだけで、俺自身が狙いをつけていなければなんの意味もない。

だが奴だって、音まで誤魔化せるわけではないのだ。

あんな派手な武装があっては、せっかくの光学迷彩も初撃にしか恩恵をもたらさない。

――そう思っていた。

眼下に、ほんの一瞬――赤い光を見るまでは。

「う、」

その光を目にした瞬間、俺は本能的に屋上から身を投げていた。

それが最も生存確率が高い行動だと、これまでの経験による勘が叫んだのだ。

「お、ぁ――あああああぁぁあっ!!」

一瞬の、時間の停滞を思わせるような静止の錯覚。

　そして直後に訪れる、浮遊感。

　その一切を無視したまま、数瞬後の落下死を避けるために叫ぶ。

「――《五重障壁（クインティプル）》――ッ！」

　それは魔術を励起するための言霊。設定した言葉が魔術の発動を補助し、眼下に円形の魔法陣――本来は敵からの攻撃を遮る防御魔術が発現する。

　同瞬、赤い閃光（せんこう）が空間を走った。

　ごく細い、けれど圧倒的な熱量を秘めた、それは文字通りの赤き死線。

　地面から天へ、破壊のための閃光が赤い軌跡を描いていく。

　直感に従って離れたビルの屋上が、その赤い光に呑（の）まれて爆発するのを肌で感じた。

　俺はそのまま硬い地面へと落ちていく。

　落下の衝撃は、五重の障壁を緩衝材（クッション）代わりに突き破っていくことで殺しながら。

　障壁を突き破るたび、硝子（がらす）の砕けるような音が響いた。乱暴な手段だが、墜落死だけはどうにか避けて地面に着地。受け身で転がり、背後の爆風から身を守りつつ立ち上がる。

　そこで見た。

　どんな原理だろう。奴（やつ）の放った熱線は、ビルの屋上を抉（えぐ）るように熔解（ようかい）させていた。

　すぐ数メートル先では、それを為（な）した殺戮（さつりく）用の機械生命（スカヴェンジャー）が、まっすぐに俺を見ている。

　――距離を取るのは愚策だった。

あの赤い光線に狙い撃たれるくらいなら、杭打ち機(パイルバンカー)を掻(か)い潜(くぐ)るほうが遥(はる)かにマシだ。

「はは……」

結局のところ、俺はどこかで折れていたのだと思う。

大通りを突き進む、なんて選択肢を選んだこと自体がその証明でしかない。

少し考えれば避けられたはずの事態だ。心が知らず知らずのうちに、安易で楽な選択のほうへ流れていた。――あるいは、こんな場所へひとりで飛び込んだ時点で、とっくに。

「……くそっ」

わかっていたのだ。俺はわかっていた。

どこかで、自分が英雄に選ばれるはずがないと認めてしまっていたのだ。

アミカも――彼女だけじゃない、あの四人にはそれぞれ誰にも負けない才能がある。

俺にないのはそれだった。

器用貧乏。何をやらせても中途半端。

半端になんでもできるから、総合成績では確かに一位だったけれど、何かひとつ秀でた才能というものを――俺は持っていなかったのだ。

たとえばアミカが、魔術において稀代(きだい)の天才であると称されたような才能。

俺にはそれがなかった。魔術なんて、今の簡単な防壁のような、ちょっと便利な手品を扱うくらいが関の山。オートマタを破壊するような攻撃魔術は俺には使えない。

剣を握っても弓を射っても格闘をやっても同じ。俺がトップに立てる分野などない。
だから。
心のどこかで、もしかしたら選ばれないかもしれないと恐れていた。
そしてその通りになった。
成果を求めて無謀な挑戦をしたのは、たぶん、それが理由だったと思う。
「くそ、くそっ……ああもう畜生っ！」
息をつく。いよいよ死を目前にして、ようやく俺は悟っていた。
どこまでも自分のことしか考えていなかった俺は、だから届かなかったのだろうと。
……それでもいい。俺はきっと英雄の器ではなかったのだ。
でも、だからどうした？　だからってこんなところでは死にたくない。
——レリン＝クリフィスには、英雄にならなければならない理由があるのだから。
手を挙げる。持った魔銃の引鉄を引く。
天へ向けられた銃口から、空へ雷が落ちていった。
その行動の意味がわからなかったのだろう。オートマタは一瞬、動きを止めた。
それはそうだろう。
どれほど進化して個を獲得しようと、心なき機械に人間はわからない。
「すっきりした。……これで、お前と戦える」

開き直っただけと言えば、たぶんそうなのだろう。
でも構わなかった。
自分のためだけに英雄を目指したんだ、最後まで自分のために戦うべきだろう。
せめて最期に、親父が遺した《面白いもの》くらいは見てから死んでやる。
銃を構え、それを正面に向けた。
反応して蠢くオートマタに、あるいはこの世界そのものに向けて、俺は告げる。
どうにもならないことは、どうにもならない――。
その、わかりきった理屈に抗うように。
「――どうにかする。行くぜ……！」
自分にとってのキーワード。英雄らしい格好つけを口にして。
俺は走り出す。
オートマタに向けて自ら距離を詰めていく。
こちらも射撃武器だが、距離を取っては圧倒的に不利だ。接近戦しか勝ち目がない。
一発、前に走りながら銃を撃った。
いかな戦闘型オートマタも、雷の一撃は見てから躱せるものではない。
無論、第一術式の青雷では傷をつけられないが、動きを数秒止めることはできた。
けれど足りない。最接近するには、もう一手が不可欠だ。

だが、これ以上は接近のために《黒妖の猟犬》を使えなかった。

こいつは攻撃の要なのだ。そのための準備は、今から始めなければ間に合わない。

──オートマタの眼が赤く光る。

狙い撃ちだ。このままでは近づくまでもなく熱線によって溶かされる。

だが。

「──はっ！」

俺は左手を跳ね上げ、逆に狙い撃つように銃口を敵へ向けた。

その直後、そのまま銃を撃つことなく姿勢を下げて滑り込むように距離を詰める。

頭のわずか数十センチ上を、熱線が掠めていった。

──第一関門、クリア。

俺がやったのはごく単純なブラフだ。

銃口を向け、それに対応をしいることで、熱線を放つタイミングを誘導する一手。

ただの機械ではない、思考力を持った機械生命であるからこそ可能な、騙り。

射撃のタイミングさえわかれば、あとはその瞬間に射線上にいなければいいだけの話。

我ながら狂気じみた綱渡りだったが、だからこそ意表が突ける。

どうせ撃たれても効かないのだからと、対応されなければそれで死んでいた。繰り返し撃たれた痛みがあったのか、俺の射撃を防ごうとしたこと自体、奴が生き物である証だ。

射撃の隙にさらに距離を詰め、一気に懐近くまで潜り込む。

出し惜しみはしない。

生還の方法など、まずは目の前の脅威を打倒してから考えればいい。

「――換装(ロード)、収束火力弾(エンドバレット)――」

目の前の煩わしい羽虫を払うべく、オートマタが俺へ杭(くい)の先を向けていた。

熱線を外したことなど大した問題でもない。自ら近づいてきた、愚かな獲物を打ち抜く準備ならとうに完了しているのだ。

俺の手札は限られている。使える武器は《黒妖の猟犬》ただ一丁だけ。

目の前の敵に通じ得る唯一の火力である以上、トドメ以外には使えなかった。

だがそれでは防御が不可能だ。

俺程度の障壁では、最大展開の九枚まで重ねたところでこの杭を防げないだろう。だがこの魔術障壁の術以外に、詠唱なしで瞬間起動できる魔術なんて俺にはない。

それでも。

なんとしてでも――この一撃だけは、今ある手札で躱(かわ)しきる。

「――照準設定(エイムセット)――」

彼我の距離は、およそ五歩。杭を打ち込むには絶好すぎる間合い。

その位置で、俺は銃口を敵へ向ける。

装填(そうてん)される術式が呪文詠唱(プログラムコード)で変更され、銃身を、目の前のオートマタの眼(め)にも似た赤い光が走っていく。込められた弾丸(じゅつしき)が第三であることを示す赤光。

換装(ロード)は間に合った。

あとは引鉄(ひきがね)を引けばそれでいい。

だが俺が指を動かすより、奴(やつ)が杭(くい)を打ち込むほうがわずかに早いだろう。

それを止めるすべが、俺にはひとつもない。

杭打ちの一撃は止められない。

ゆえに、死の一撃は当然のようにまっすぐ放たれる。

——ガンッ！　という破砕音が、杭を受けたアスファルトの地面から響いてくる。

俺の立っている場所から、ほんのわずかだけ左にずれた地面が砕ける音だ。

なんのことはない。俺の防壁魔術では杭の一撃を防げない。

けれどバランスの悪い右腕に防壁をぶつけて、杭の軌道を逸らすくらいならできる。

たった一撃。

稼げた時間は、杭を引き戻すまでの、ほんの一瞬。

それだけあれば俺だって、左手の人差し指を引き絞るくらいは、できる。

第二関門、クリア——条件達成。

「貫け、――《黒妖の猟犬（ブラックドッグ）》」

銘を呼ぶ。赤き閃光（せんこう）を走らせる銃身が、その先端から赤雷を撃ち放つ。

瞬間、――周囲の世界から色と音が消滅した。

視覚が白黒（モノクロ）に、聴覚が無音（サイレント）になり、それでも時間だけがゆっくり進んでいく。

第三術式（エンドバレット）は最大口径の一撃。喰（く）われる魔力量も膨大だが、その一撃はオートマタの上半身を消滅させるに余りある火力を発揮した。

人間で言う胸元から上が消滅したオートマタは、両腕を地に落とし、足と胴だけでその場に立ち尽くしている。機械だろうと、頭を破壊すれば死を免れることはない。

――感覚が、そして戻ってくる。

最大火力の術式だけあって、第三は撃つだけで五感が一瞬イカレてしまうのが難点だ。

それでも、

「どう、にか……した！　俺の勝ちだ……！」

そう認識すると同時、酷（ひど）い酩酊（めいてい）感が一気に襲ってきた。

魔力を使いすぎた証拠だ。それはそのまま生命力の減少を意味している。

勝利に浸っている時間はない。すぐにでもこの場を離れるべく俺は歩き出した。

とにかくどこかで休みたい。

それだけを考えながら機械の亡骸を背にしたところで、

「──……っ!?」

俺は怖気を覚えて、弾かれたように振り返る。

そこにあるのは大通りで命を失った、機械の亡骸だけだ。

完全に死んでいる。これはもはや単なる巨大なオブジェに過ぎない。

なのに、何かがおかしかった。

それはまるで、死してなお残されたエネルギーを、亡骸の奥から感じるような……。

「……まさ、か……!?」

最悪の想像に思考が追いついた瞬間、俺は再び前に向き直って走り出す。

直感は正しかった。それを証明するかのように、今さらになって背後から電子音が響き始めている。それがいわば、カウントダウンのタイマーであることは明白だ。

──冗談じゃない。

足掻き抜いてようやく倒したのだ。それで死んで堪るか。

背中を押すのは、そんな意地のような感情だった。だが意地が背中を押すのと同様に、もうひとつ、後ろから迫ってくる色濃い死の気配を俺は無視できなかった。

そして、次の瞬間。

──オートマタの亡骸が、背後で大爆発を起こした。

※

「つ、ぅ――あ、くそ、何が……」

次に意識を取り戻したとき、俺は瓦礫(がれき)の中に倒れていた。

少しばかり気絶していたらしい。そう長い時間だったとは思いたくないが、辺りが少し薄暗い。もしかして夜になったのかと、ほんの一瞬だけ勘違いしかけたが、それは違う。

「足場が……崩れたのか。下に空洞があったんだ……」

上を見ながら、俺はそう呟(つぶや)いた。

大通りが爆発で崩落したということらしい。爆発自体には巻き込まれなかったが、すぐ下がトンネルになっているため足場が脆(もろ)かったのだろう。余波で崩れてしまったようだ。

前後を見回してみると、どうやらこの地下トンネルは大通りに沿っている。

「もしかして……結果的にはラッキー、か？」

辺りに動くものの気配はなかった。

上の大通り自体、あの戦闘型オートマタの縄張りだったのだろう。いずれまた別の機械生命が寄ってくるだろうが、しばらくの間は安泰なはず。

――今のうちに、このトンネルを通ってしまえば塔まで辿(たど)り着(つ)けそうだ。

「いや……本当にそうか？　大丈夫か？」

そもそもあのオートマタと戦闘になった経緯を思い出し、俺は少し不安になる。

ちょっとしたトラウマだ。この思考が、楽なほうに流れているだけではないかと自分の心に確認を取る。と、

「あ、痛(い)って……冷静になったら右腕めっちゃ痛くなってきた、あだだだ……」

そもそも地上に戻ること自体がだいぶ億劫(おっくう)そうだ。

悠長なことをしていては、遠からずやってくる別の個体に見つかる。

これ以上の戦闘が現実的ではない以上、何もいないと祈って地下を進むべきか。

「……連中もアレで生き物だしな。こんな薄暗い地下に、好き好んで来る奴(やつ)いないだろ」

半ば以上、願望だ。

でも今はそう判断する。

俺は、この地下通路を進んでいくことにした。

「その眼の曇りを晴らしたまえ(くらいよみちにたいまつを)——《灯火(ライト)》」

呪文詠唱(プログラムコード)による魔術の行使。仄(ほの)かな光を放つ球体を俺は目の前に浮かべた。

魔力による小さな光源を作り出す、非常に初歩的な術だ。

とはいえ、これも使えば使うほど魔力を喰(く)う。あまり長くは使えない。

「むしろよく発動できたもんだ。知らん間に魔力量が成長してたんかな……？」

　だったらいいな、などと思いながら、指先で《灯火》を操作しつつトンネルを進む。

　こちらには、どうやら今度こそ本当に、機械生命(スカヴェンジャー)が潜んでいないらしい。

　無機質なグレーの壁の中を、まっすぐに進んでいくだけで目的地へ近づけていた。最初から地下に気づけていれば、どれほど楽だったか。詮もないこととはいえ考えてしまう。

「にしても妙に、なんつーか機械的だな……なんだここ？」

　考えたところで、旧文明のことなど何もわからない。

　やがて、トンネルの行き止まりについた。

　正確には階段に行き当たっており、上にも下にも続いてはいる。

　地下通路の終点らしい。ここを上に向かえば、目的地だった塔に続くはずだが。

「……下も、あるのか……」

　偶然に見つけた地下通路である。

　せっかくなら、この下へ続いている先も見ておきたかった。

「誰も来たことがない場所なら、何か新しい遺物が見つかるかもしれないし」

　ついでに見ていこう、と考えて、俺はあえて階段を下へ進んだ。

　階下には扉がひとつあった。

　あるいは、扉がひとつあるだけだったと言うべきか。

　上の塔に関係する施設の名残だろうか。

「ま、そもそも塔自体がなんの施設かすらわかんないけど……っと」

扉の近くに備えられていた照明装置が、そのとき光を発した。

思わず目を細める。長く放置された遺跡だというのに、いったいどういう技術だ。

しばらく扉の前で辺りを探った。

危険がないかの確認、というよりは単純に扉の開け方がわからなかったのだ。しばらく調べて、すぐ横の壁にあったパネルが操作盤になっていることを知る。

それを操作して扉を開けた。

部屋の中はやはり真っ暗だったが、俺が入った瞬間に照明が灯(とも)される。もう必要ないと判断して、俺は《灯火(ライト)》の魔術を破棄(キャンセル)する。

そして見た。

「なん、だ……これ？」

部屋の中央に鎮座していたのは、言うなれば黒い箱だった。

それ以外に表現のしようもない物体である。

そこから大小何本ものコードが部屋中に向かって延びていて、辺りの機器や壁、天井と繋(つな)がっている。その壁面や天井もなんらかの機械で、いわば部屋全体が旧界遺物だった。

これは、いったいなんだろう。

中央の黒い箱は、ちょうど人ひとりが納まりそうなサイズだ。棺(ひつぎ)を思わせる。

あるいはこれは大発見なのかもしれないが、どうも俺の知識では手に負えそうにない。

手に負える人間が、現代に存在するかどうかも疑わしかった。

部屋の中央へと進む。

なんの気なく、俺は黒い箱へと手を伸ばした。――それが鍵だった。


『生体認証：遺伝情報確認――ロックを解除します』


聞き覚えのある音声。

だが、それは俺に混乱しか招かない。

「な……はあ!?」

それは、父の家に置いてある箱の声と完全に同じものだった。

というか、よく見ればそもそも同じ箱なのだ。サイズが違うから結びつかなかった。

「いや、でも、なんで……俺が、開けられ、て――」

俺が触れてロックが解除されたということは、俺が鍵に設定されていたということだ。

意味がわからない。

あるいは、親父（おやじ）が遺（のこ）した《面白いもの》とはこれだったのだろうか。

箱の表面を。赤い光が走っていく。

直線的に——機械にとっての血管である回路を思わせるように。

やがて、箱が開かれた。

「……っ」

息を呑んで、どこか警戒しながら俺は箱の中身を見る。

果たして開かれたブラックボックスの中には、想像できるはずもないものがいた。


ヒト、だった。


人間だ。少なくとも俺には、そうとしか見えないモノがいた。

俺は完全に絶句する。目の前にある現実が、理解を遥かに超えている。

年の頃は、俺より少し下——十代中盤くらいに見える。美しい銀髪の少女だった。

身体には何も纏っていない。完全に裸で、胸元どころか局部まで露わになっている。

ただ気になったのは、胸がまるで動いていないこと。わずかに膨らんだ胸部は、呼吸も鼓動も感じさせることはなく、よくできた人形か、さもなければ死体にしか見えない。

本当に、死者を眠らせる棺だったのか。

そんなことを一瞬、本気で思った俺の目の前で——直後。

銀髪の少女が、その瞳を開いた。

ぱちり、と開かれた紅く大きな眼は、吸い寄せられそうなほど美しい。

俺は視線を逸らせなかった。

だから当然、その少女とばっちり目が合ってしまう。

それでも動けなかった。呼吸の仕方さえ忘れたみたいに、俺は呆然と瞳を見つめる。

「――よかった――」

薄く瑞々しい少女の唇が、小さく動いて何か言葉を発していた。

よく聞き取れない。ただなぜか、妙に幸せそうな声音を聞いた気がする。

「おはようございます。――いいえ、初めまして」

再び、銀髪の少女は言った。

俺は何も答えられない。ただ彼女が語る言葉を静かに聞く。

「私の名はウル。貴方に仕える一冊の記録」

言いながら少女は箱を出ると、ゆっくりと柔らかな動きで俺の正面に下り立つ。

思考が完全に凍結してしまった俺は、馬鹿みたいに彼女の名前を繰り返した。

「……ウ、ル……？」

「はい。貴方にその名を呼ばれることができて、とても安堵しています。――ですから」

「――え、」

反応できなかった。油断を悔やむ以前に、動きがあまりにも速すぎたのだ。

ただ気がつけば少女の拳は、俺の腹に突き刺さっていて――。

「これから、よろしくお願いします」

実に柔らかな笑みで、実に晴れやかな口調で少女は言った。

言っていることとやっていることが、あまりに違いすぎると思う暇さえなく。

――俺の意識は、そのまま闇に沈んでいった。

第二章『予言書の少女』

圏外域に単独で出るのは自殺行為だ。

そもそも死地である以上、複数人で安全を確保するなど最低限の保険である。あまりに大勢で固まるのもそれはそれで危険な行為だが、単身で出るよりはどう考えてもマシだ。

だが俺は、かつて一度だけひとりきりで圏外に出たことがあった。

運よく生還することはできたが、極度の緊張と体力、魔力の使いすぎで帰還した直後にぶっ倒れてしまったことはよく覚えている。当然、大人たちからは大目玉を喰らった。

ただ、最も印象的なのは、誰よりも俺に怒った少女の声。

「――どうしていつも無茶ばっかりするの!?」

彼女は――アミカは泣きそうな声で俺に言った。

そのとき俺の意識は朦朧としていたから、いったいアミカになんて返したのかは、今となっては覚えていない。ただ、泣かせるつもりはなかったのだと酷く後悔したことだけは忘れていなかった。大切な幼馴染みを泣かせる奴が、英雄になんてなれるはずないのだ。

だからそれ以降は、俺もひとりで圏外に出ることはしなかった。この日まで。

……もしも、それを破ったと知られたら。

彼女は今、どんな表情を俺に見せるのだろうか――。

※

目覚めた瞬間に溺れかけた。

「ごぼ……っ⁉」

そもそも自分がどこにいるのか、どうしてこんな状況になっているのかも思い出せないまま、ただ喉の奥に液体が流れ込んでくる不快感を味わう。

そんな俺に、かけられる声がひとつあって。

「大丈夫、落ち着いてください。飲み込んでも害はありません。ゆっくり息をして」

「が、かはっ……えほっ、げほ……」

噎せながらもなんとか落ち着きを取り戻していく。

呼吸が整ってくる頃には、自分が何か小さめの風呂桶のようなものに入っていることが認識できた。そこで寝そべっていたから、起きると同時に中の水を飲んでしまったのだ。

「ここ、は……いったい」

起き上がりながら辺りを見回す俺に、近づいてくる小さな影があった。

はっと思い出す。その銀色の髪と紅い瞳の鮮やかさは、一度目にすれば忘れない。

「……ウル？」

「ええ。意識がはっきりしたようで何よりです、レリン」

「――――」

　名乗った覚えはないのに、少女――ウルははっきりと俺の名を口にする。

　ただ気になるのはそれだけではなく、むしろ気になることばかりで頭が追いつかない。

　呆然とする頭で、最初に捻り出した言葉といえば。

「……、服」

「これですか？　まあ、さすがにずっと裸ではいられません。というか、目覚めて最初の台詞がそれですか。初対面の貧相な体の少女に欲情するとは、なかなかの趣味ですね」

「…や、気になったのは俺が脱がされてることのほうなんですけど……すみません」

　なかなか毒を吐く少女だった。

　とはいえ、いきなり裸を見たのも事実と言えば事実だ。思わず丁寧に謝ってしまった。

「貴方が謝ることではありませんよ、レリン。見た分はきっちり拳で清算しましたし」

　俺はそんな理由で腹をぶん殴られたのだろうか……。

　だとすれば、謝ったことが誤りだったような気分になるけれど。

　あれ、俺のせいじゃないよね？

「貴方を脱がせたのは治療のためです。もっと言えば、意識を奪ったのもそうですが」

「——え？」

「体の調子はどうですか？　折れた右腕は、さすがに完治とはいきませんが」

言われて、俺は体の様子を確かめる。

ウルの言葉通り、ところどころにあった傷が治っている。魔力の欠乏による体調不良も今は感じない。なんらかの方法で、俺の傷を治したということなのだろうか。

「まったく、あんなに傷だらけで……。改めて見ると少し引きますね」

「な、なんかごめん……？」

淡々とした口調で告げるウルの様子に押されて、再び謝ってしまう俺。

浴槽（？）を出ると、彼女は続けて「これを着てください」と服を寄こしてきた。

ここへ着てきたものではないが、いったいどこに服の替えなどあったのか。まあウルも今は服を着ているし、何かしらストックがあったのだろう。深くは考えないことにした。

辺りを見回す。

どこかの部屋の中という以上の情報が得られない、そんな部屋だった。

窓はなく、何かもわからない機械が置かれているという意味では、ウルが箱の中にいたあの部屋と似ているが、広さがだいぶ違う。あの部屋よりも、ここはかなり狭かった。

「ここは……」

「塔の上層階にある部屋です。いわゆる医務室ですね」

「医務室……塔の中に？」

「ええ。ポッドが生きていて助かりましたね。とはいえ、治療液はさすがにもう在庫切れですから、これ以上の治癒はここでは難しいですが。ひとまずは問題ないかと」

「…………」

何を言っているのかほとんどわからない。

わかったのは、とにかく彼女が俺を治してくれたということだけだ。

「……ええと、ありがとう、ウル。よくわからないけど、助けてくれたんだよな？」

そう考え頭を下げると、なぜか彼女は呆れたような視線をこちらに向けて。

「礼など言っている状況ですか」

そして、なぜか至近距離まで近づいてくる。

「え、っと……？」

「もっとあるでしょう。お前は誰なのかとか生きて帰れるのかとか、好きな食べ物だとか好みの男性のタイプは何とか、そういうコトを私に訊くのが礼儀ではありませんか？」

ぐい、とこちらに身を乗り出してくるウル。整った顔がすぐ目の前に来たせいで、後半なんか違くなかった？　と訊ねることすらできなかった。

「しかしせっかくですし礼は受け取っておきます。私の機嫌がよくなったことをレリンは幸運だと思ってください。ちなみにですが、褒美はいつでも受け取る準備がありますよ」

「え。あ、あの……な、何をしたら？」

「頭など撫でてみたらよろしいかと」

まさか初対面の相手の頭に手を伸ばすのが求められる正解だとは予想していなかった。

何が何やら。俺は言われるがままに、ウルの頭を撫でてみることにする。

肩ほどで切り揃えられた、さらさらとした銀糸の髪。驚くほど触り心地がよく、それはそれとして何をやらされているのかわからなかった。

「いいでしょう」

しばらく撫で続けていた俺に、やがてウルはそう言った。

真顔だった。真顔で、俺の顔を真正面からじっと見つめてきている。

要求されたからやったのに、まったく嬉しそうには見えない。

「ただし、常にこんなことで賄えるほど安い相手だとは思わないでください」

「え？　あ、はい」

「今は非常時なので代替手段で許しているだけです。ただ貴方はどうやら頭を撫でるのが上手なようですから、もし望むのであれば場合によっては今後も許可しましょう」

「………」

やっぱり嬉しかったのかもしれない。

わからん。そうなのか？　まあそもそも名前しか知らないからな……。

……いや本当に誰だ。

「ええと……」

いろいろと訊くべきことを考える俺だったが、何から訊くべきかわからない。

ただ冷静になってみれば、俺は別段、これで助かったというわけではないはずだ。

「さて、とりあえず出ましょうか」

そう言って部屋の出口へ向かっていくウル。

部屋の片隅には、持ってきた装備一式も揃えて置いてあった。形見の《黒妖の猟犬》も

きちんと置かれてあることに、俺もとりあえず安堵する。

それらを拾ってから、扉を出ていくウルの背中についていくことにした。

「ここは……」

扉を出て、しばらく廊下を進むと、広く明るい場所に出る。

塔の上のほうの階層らしい。なぜか全面ガラス張りで見晴らしがよかった。

「展望室です。もともとは電波塔だったようですね」

おそらくは、俺が辺りを見回していたから説明してくれたのだろう。ウルは言う。

確かに、窓から外を眺めてみると、遥か眼下に地面が見える。目線を上げれば圏外域の

様子が、それなりに遠くまで確認できた。思えば、なかなか貴重な光景だ。

ちょっとした感動を覚えながら、俺はウルに視線を戻す。

「質問でしたら随時受けつけておりますよ。どうぞ、なんでも訊いてください」

ぐい、と俺の顔を覗き込むように近づいてきたウルは、両手を広げてそんな風に言う。

この際だ。目の前の少女に敵意がないことは明白――というか、なんなら妙に親しみを感じるくらい――だし、ここは頼らせてもらおう。

「ええと……あれから何が?」

いろいろなことを纏めて訊くような俺の問いに、なぜかウルは「はあ」と息をつき。

「最初は私のことから訊いてほしかったものですが」

どうやら質問がお気に召さなかったらしい。

なんでも訊いてください、とは果たしてなんだったのか。

「私の正体が気にならないのですか？　自分で言うのもなんですが私は怪しいですよ」

まあ、箱から出てきた人間は確かに怪しいけれど。

「なんかごめん……。いやでも、ウルは俺を助けてくれたみたいだし。それならひとまず信用してもいいのかなって思って。悪い子じゃないみたいだし」

「……お人好しなのは、どちらかと言えば貴方の欠点という気がしてしまいますが」

呆れたように息をつくウル。

けれど、それから彼女は腕を組んで、どこか満足そうな表情を見せて。

「しかし慧眼です。私を信頼するのは素晴らしい判断ですよ、レリン。ふふ、どのように私を売り込むべきか考えあぐねていましたが、レリンの見る目はなかなかのものですね」

　少しだけ表情が緩んでいるウル。

　嬉しそうだった。初めて表情らしい表情を見た気がする。

「いいでしょう。主人の信頼には十全に応えてこそ本懐というものです」

「……、はあ……？」

「まず貴方と出会ってからのことですが。不慮の事故により意識を失った貴方を抱え、」

「不慮の事故？」

「何か？」

　圧の強い少女だった。俺は負けた。

「……おほん。そのまま私はこの部屋に貴方を運びました。魔力の欠乏は大した症状ではありませんでしたが、傷は大きかったですから。治療を優先した形です」

　言って、ウルはさきほどまで俺が使って──浸かっていたものに目を向ける。

　アレが果たして不慮の事故だったのかはもう少し議論したかったが、まあ箱を開けたら女の子が出てきて殴り飛ばされた、は字面だけなら確かに不慮すぎるので一旦措く。

「そのポッドは、専用の回復液で満たして中に入っていれば、治癒力を大幅に高めて傷の治りを高速化します。右腕の骨折や左肩の傷は、さすがに全快とはいきませんでしたが」

「す、すごいな……旧界遺物ってことだよな、これ？」

「ええ。とはいえ持って帰ることはできませんが。もう回復液もありませんし」

「そうか……」

「ともあれ、おおよそ二十四時間ほど経って目覚めたのが現在です。おわかりですか？」

「――――」

瞬間、俺は答えに窮した。

理解はできた。ただそれを呑み込めなかっただけだ。

「レリン？」

押し黙った俺に、ウルは怪訝そうな目を向ける。俺は小さく首を振った。

「いや……、そんなに時間が経ったのか、と思ってさ」

「……？　この時間で、あれほどの傷がここまで治せれば充分かと思いますが」

「そうじゃなくて……あ、もしかしてここには安定剤の予備もあるのか？」

もうとっくに、最後の一本の効き目もなくなっている時間だ。

魔素汚染は始まっている。このままでは遠からず死を迎えてしまうのだが――。

「安定剤、ですか？　……ああ、魔素中毒を抑える薬剤ですね。いえ、ありませんよ」

一縷の望みは一撃で断たれてしまう。

これだけの施設ならあるいはと思ったのだが、まあ、普通にあるはずもない。

「そうか……悪いな、せっかく助けてくれたってのに」

「……何を言っているのですか？」

「いや、だってないんだろ？　もう俺も予備を持ってないんだよ。だから、このままじゃ中毒を発症して――」

「あ――ああ。なるほど、そうでした。そうでしたね。うっかりしていました」

ようやく得心したように、ウルは相槌を打った。

状況を理解してくれたらしい。せっかくの好意を無駄にしてしまうのは申し訳ないが、

「レリンが魔素中毒にかかることはありませんよ」

「――なんだって？」

「だから、レリンに魔素中毒の心配はありません。貴方は魔素に耐性を持っています」

「………………」

「事実、今を以て発症していないのがその証明でしょう。心配はいりません。貴方はこの領域において、なんの心配もなく活動が可能なのです。どうです、安心できましたか？」

――どちらかと言えば俺は不安になった。

なんだ、それは。俺に魔素への耐性があるなど、俺自身ですら自覚していないのに。

それが事実ならなおさら謎だ。

なぜ俺が知らない俺の体のことを、初めて会ったウルが知っているのか。

「ウル。お前……何者なんだ？」

俺は改めて、今度は警戒しながら彼女に問いかける。

奇(く)しくも彼女が言った通りだ。俺は、まずはそれを訊(たず)ねるべきだった。

「いや、そうだ。ここに安定剤(スタビライザー)がないなら、じゃあお前はどうなる。お前も俺と同じで、魔素に抵抗力があるとでも言う気か？　だいたい、そんなのどうして知っ……!?」

——背後に気配を感じ取ったのはそのときで、俺は咄嗟(とっさ)に窓側へ振り返っていた。

背中を見られてはならない、という強迫観念にも似た衝動。自分自身ですら不可思議なほどに、俺は他人に背中を見られることを恐れている。だからこそ気がつく。

俺は反射的に《黒妖の猟犬(ブラックドッグ)》の銃口を窓のほうへと向けていた。握把(グリップ)を握ったことで、回路が自動的に接続される。

右の眼球が鈍い痛みを発し、視界の向こうにある何か巨大な影に照準が合う——。

「っ、なん……っ!?」

「いいですね。この距離で気配に気づけるとは、なかなかの感度ですよ、レリン」

その影を認識するのと、ウルがそう呟(つぶや)くのはほぼ同時だった。

窓の向こうから、高速で接近してくる巨(おお)きな機体が俺の目に映ったのだ。そいつは窓の正面まで接近してその場に浮き留(と)まる。風の圧力で、窓ガラスのヒビが広がっていった。

全身が鋼色をした、有翼型の機械生命(スカヴェンジャー)だ。

細かい部品(パーツ)が複雑に組み合わされた金属の翼は、本物の鳥類の羽を思わせる。いったいどういう機構か、それは実際に羽ばたいて、五メートル超の巨体を宙に浮かせていた。

翼が浮力を生じさせているのではない。

翼を持って創り出された生命だから飛べるのだという理屈が、結果として魔術と化し、その巨体を高度三百メートル以上の展望台まで運んでいる。

それが機械生命の持つ、ある種の不条理さ——物理法則を超越した概念的な生態(システム)だ。

鋼鉄製の機械鳥が、眼球らしき箇所を俺に向けていた。意識を向けられている。

明らかに、ソイツは俺を狙っていた。

当然だ。全ての機械生命は、それが本能だというように人類に対し強い敵意を向ける。

このままでは攻撃されるのは自明の理で、だから俺は当然のように迎撃を考えた。だがそんな俺に、すぐ隣に立つ少女の姿をした何かは、慌てた様子もなく声をかける。

「問題ありませんよ、レリン。この程度の性能(スペック)では、私には遠く及ばない」

「な、……何、言って」

「コレがここへ来る未来(コト)を、私は初めから知っていたということです。まあ何も心配せず任せておいてください。——迎撃は、もうとっくに終わっているのですから」

言うと同時に、ウルはすっとその右手を上げて、窓の向こうの巨鳥へ向ける。

紅(あか)い眼(め)がわずかに、火花のような白い燐光(りんこう)を放った気がした。

尋常ではない量のエネルギーを感じて、気づけば俺の背筋は悪寒に震え上がっている。

「驚かせてしまってすみません。少し意地悪だったかもしれませんね。いえ、せっかくの機会ですから、貴方の得た機体がどれほどの性能なのか、ご披露しようかと思いまして」

見れば宙を羽ばたく巨鳥の周囲に、機械球が三つ浮かんでいた。

さきほどから攻撃してくる様子がないわけだ。

俺たちに姿を晒したその時点で、巨鳥は文字通り死地へ飛び込んでいたのだ。

機敏に、かつ不規則に宙を舞う三つの球体——金属質なそれの周囲は、金色をした円環に囲われており、ひとつひとつがまるで天体のように見えた。また、そのひとつひとつが異なる色の光の線を表面に走らせている。それぞれ白色、灰色、そして黒色。

直後、その光の線を切れ目とするように、三つの球はその半分を開花させていく。

言葉通り花が開くかのように、口を開けるかのように半球が開き、そして。

「発射」

ウルが告げると同時、光の帯が——翼の機械生命へと向かっていった。

熱線と、そんな風に呼ぶのが妥当だろうか。想像することさえ恐ろしいほどの熱量が、三筋の光の線となって機械生命の機体を貫いたのだ。

ここへ来る前に戦った、あのオートマタの赤い光線と似たような攻撃なのだろう。だがその性能は、おそらく比較にもならないレベルだ。

現にその余波だけで、ヒビの入っていた展望室のガラスが音を立てて砕けている。

光に貫かれ、中空にいた翼の機械生命(スカヴェンジャー)はそのまま地面へと落下していく。

響いてくる爆音はどこか遠い世界のもののようで、あまりに現実感がなかった。

「量子返送(アップロード)」

そんなウルの言葉と同時、現れたときと同じ唐突さで三つの球体が消え去った。

まるで大気へ溶けるみたいに、一瞬で光の粒子になって、言葉通りに掻(か)き消えたのだ。

「今、の……は」

戦いと表現するには、あまりに一方的な光景がそこにはあった。

敵は決して弱い機体ではなかった。むしろ飛行能力を持っていることを思えば、俺なら戦闘より逃走を選びたくなるくらいには手強(てごわ)い機体だ。

だがそれを、彼女はほとんど一瞬のうちに蹂躙(じゅうりん)してみせた。

いや、重要なのは戦闘能力じゃない。

問題は、ウルがまるでここに機械鳥が現れると知っていたように思えることで——。

「初陣ですから。そう易々(やすやす)と切れる札ではありませんが、まずは売り込みが大事だと考え全力で当たらせていただきました。どうです、私はなかなか便利でしょう?」

どこか自慢げに告げられる、そんな言葉に答えが浮かばない。

改めて、俺は問わざるを得なかった。

異常な武装。それをどこからともなく取り出す異常な光景。

そして何より、知るはずのないことをあまりにも知りすぎているという特異性――。

「ウル……お前は」

「ええ。私は、人間ではありません」

言葉にできなかった予想を、言葉にするよりも前に彼女は認めた。

当然のように。どこか誇らしそうな顔で。


「改めて、私はウル――《究極(ウルティマーテ)》の機体名を冠する命持つ機械の完成機(ハイエンド)」

自身が本来、人類の敵でしかないという事実を口にした。

俺は言葉を発せない。そんな反応を、彼女はどこか面白そうな表情で見据えながら。

「高性能な会話機能に戦闘機能、奉仕機能を搭載する私ですが、その本分はある種の情報媒体だと思っていただくのが最も適当かと。そうですね……メモ帳、とでも言いますか」

「メ、メモ帳……？」

「ええ。あるいはちょっと懐古的(レトロ)ですが、少しばかり高性能な文書作成編集機(ワードプロセッサ)だと思っていただいても構いませんけれど。この説明は、逆に伝わりにくいでしょうかね？」

俺には、ウルが何を言っているのか欠片(かけら)も理解できなかった。

当然だと思う。自分のことをメモ帳だとか名乗る、喋(しゃべ)る人間型の機械とか意味不明だ。

「まあ、今は理解できなくても構いません」

軽く微笑(ほほえ)んでウルは言う。

少なくとも、その姿はどこからどう見ても人間としか思えない。

「ただ重要なのは、私が存在する理由は全て、貴方(あなた)の目的を達成する手助けをするため。より正確には――貴方を護(まも)り、英雄にするためだということ」

「俺の……ためだって？」

「その通りです。なぜなら私は知っているからです。これから先の未来のことを」

――というのもですね、と。

至極なんでもないことのように、ウルと名乗った機械(いのち)は言う。

「このままですと人類は滅んで、貴方の大切な人間は全て死に絶えてしまうからです」

※

「――落ち着きましたか？」

なんてことを、俺から落ち着きを奪っているいちばんの原因に訊(き)かれるのも、なんだか微妙な気分ではあった。

あれから――つまりウルが機械鳥を撃墜してから、少し経(た)った頃。

ここに留まり続けるのは危険だ、というウルの指摘を受け、展望室から階段を使って、俺たちは遥か下の地上を目指して歩き始めていた。

なにせ現在の人類圏にはほぼ現存しない、超高層の塔を下りるのだ。ところどころ崩落した階段を、気を遣いながら下りる作業はなかなかに億劫だった。

「昇降機を使うと壊れて落ちますからね。怪我はしませんが安全に行きましょう」

「……それも、未来を知ってるからってことなのか？」

「ええ。私には間違いなく、今より未来の情報が記述されています。もっとも私の権限で全て自由に引き出せるわけではないので、決して気を抜いていいとは言えませんが」

「………………」

簡単には納得できなかったが、あえて逆らおうという気にもなれない。

少なくともウルという彼女が――この機体が俺に好意的なのは疑いようがない。機嫌を損ねて、あの脅威が俺に向けられるよりは、素直に従っておいたほうがいい。

俺はそう判断していた。

いや、それ以外には何もできないだけかもしれない。

「何やら不愉快な視線が向けられていますが、私は何ひとつ虚偽を語っていませんよ」

「……だからって、そう簡単に信じられる話じゃないだろ？」

「まったく、レリンは嫌なところが頑固な性格です。貴方は私がどれほど高性能な機体か理解できていないんですよ。さきほどの一戦では売り込みが足りませんでしたか？　一方的に勝ちすぎるのも考え物ですね……次は演出方針を変えるべきでしょうか」

「いや……そんなことは、ないんだけど」

次があったら適度に手を抜かれるのだろうかと危惧して、その危惧に自分で首を振る。そもそも、それは次があったらまたウルに助けてもらえる前提の思考だ。そこを疑えていない時点で、もうとっくに俺は彼女を受け入れてしまっている。

言葉が通じる、どう見ても人間の女の子にしか見えない相手だから――かもしれない。

他方、そのせいで語られた言葉が頭に入ってこないのだ。

嘘である可能性を思えば警戒すべきだし、もし全てが事実なら、それはそれで、やはり簡単に気を許してはならない相手だ。

「……本当に、ウルは人間じゃないのか？」

「外見が人間を模して創られていることは認めますが」

銀色の髪に紅い双眸。

作りものめいて美しいことは事実だが、だからって機械にはとても見えない。

「私は確かに機械ですよ。貴方たち人間が機械生命と呼ぶモノの一機です」

「……とてもそうは見えないけど」

機械生命たちは、少なくとも外見的には完全に機械だ。どう見ても金属でできている。

魔素を糧に活動し、確固たる命を持って魔術的に活動する——機械。

ウルのように、明らかに生物の見た目をした機械生命など俺はほかに知らなかった。

「当然です。私は、この圏外域を生きる機械生命たちとは根本的に違いますから」

「はあ……」

「性能ひとつ取っても次元違いですよ。まあ今の私は機能の大半が事実上の封印状態ではありますが……それでも凡百の機械種では、私の足元にさえ及びません」

ふふん、とウルは薄い胸を自慢げに張って言う。

呼吸。そして鼓動……。同じ生命でも機械ならば必要としない機能が見て取れた。

「……どこを注視していますか」

と、ウルがこちらに怪訝な視線を向けて、さっと両腕で胸元を庇う。

機械を名乗るから観察してしまったが、確かに不躾な視線だ。

謝ろうと口を開きかけたところで、ウルはやれやれと呆れたように首を振って。

「機械とて命です。私が魅力的なのは理解しますが時と場合を考えてください。私たちはまだ出会ったばかりでしょう？　いくら主とはいえそう簡単に全てを許しはしません」

「あ、ご、ごめん……そういうつもりじゃなかったんだけど」

頭の片隅が、機械にも性別ってあるのか？　と関係ないことを思考していた。

「……いえ。おほん。まあ、ここはまだ死地ですからね。レリンも一個の雄として、命の危機に子孫を残そうという本能が働くのは理解します。……ただ私は子を生せませんよ」

「いや、違うって！　別にそういう興奮をしてたわけじゃないから！」

「……ばかな」

慌てて否定した俺に、なぜかウルはショックを受けたように目を見開いた。

なぜ驚くのかがわからなかったが、ウルは愕然とした様子で。

「おかしい……記述によれば確かにレリンは、私に性的な魅力を感じるはず……」

「……あの、」

「ではなんですか、今のは私の早とちりだったということですか？　レリン、それは私に対していささか失礼というものではないでしょうか。私では興奮できないのですか？」

「ちょっと待ってくれない!?」

普通にかわいらしい女の子（の、少なくとも見た目をした奴）に、こうまで明け透けなことを訊かれても返答に詰まってしまう。いったいなんて答えろというのか。

だがウルは、なんでか俺が逃げるのを許してくれなかった。

「答えてください。返答によってはこの先の対応を考えなければなりませんからね。いえ別に怒っているわけではないのです。プライドの問題ではありません。ただ私という最高傑作機でさえ満足できないというのなら、レリンの趣味を調べる必要がありますよ」

「もう勘弁してくれって！　てか、なんか怒ってるよね、ウル!?」

「は？　話を聞いていましたか、レリン。私は怒ってなどいないと、確かに言いました。ただ私という機体に不満があるのなら、ええ、早めに解消しておくべきだと」

「ないって！　ありません！　ウルには充分に助けてもらってるよ！」

——俺はいったい何を言わされているんだろう？

自分でも意味がわからなかったが、勢いに押されてそんなことを言ってしまう。

「そうですか」

と、俺の答えを聞いて、ウルはそう言った。

想像もしていない——それは、心の底から安堵したみたいな柔らかな笑みで。

「よかった。レリンに捨てられては困ってしまうところでした」

「…………………っ」

不意打ちだ。自分でも赤面してしまったのがわかるから、俺は咄嗟に顔を逸らす。

あまり表情が変わらないウルなのに。そんな言葉を、そんなに安心した顔で零すなんて反則にも限度がある。どうしてそんなに、俺のことばっかり気にするんだ。

そもそも、捨てるも何もない。彼女に助けられているのは俺のほうなのだから。

「性能を売り込むのも存外、難しいものですね。どうも上手く伝わっていない気が——」

「…………」

「……レリン？」

押し黙る俺に、ウルは不思議そうに小首を傾げる。

そのまま下から覗き込むように俺の顔を窺ってくる彼女は、やはり距離感がおかしい。

「……なんでもねえよ、ばか」

「ば、ばか!? この私に向かって、その物言いは聞き捨てなりませんよ!? 私を手にした幸運について、レリンはもう少ししっかりとした理解を持つべきです!!」

むっと目を細めるウル。表情の変化は小さいが、もともと無表情に近いせいか、機嫌を損ねてむくれる顔には威圧感があった。

ただそれ以上に、なんの遠慮もなく近くまで迫ってくることのほうが気になってしまう。

「うるさいな……言っとくけど、俺はグレることにしてんだ。それを思い出した」

「何言ってるんですか?」

「いいから、話を元に戻してくれよ」

「はあ……ああ、なるほど。教会に選ばれなかったことを気にしているのでしたね」

「――――」

今度は、さきほどまでとは違う意味で俺は押し黙る。

――またこれだ。

知るはずもないこちらの事情を、彼女は当然のように口にしてくる。

「どこまで知ってるんだよ、俺のことを……」

「どこまでと言うならこの先まで、とあえて修辞的（レトリカル）に表現してみる私ですが」

「……、」

「そうですね、レリンの疑問はもっともです。私も少し舞い上がってしまいました」

こほん、とわずかに咳払（せきばら）いをするウル。それから、

「ですが説明は難しい……となれば、まずは実際に見ていただくのが、最も手っ取り早いでしょう。――レリン、タブレットを持ってきていますね？」

「タブレット……」

「レリンの父君が貴方（あなた）に遺（のこ）した、地図情報が記録された板状のデバイスのことです」

「あれか。確かに持ってきてるけど……それも予知したってのか？」

「別に予知というわけではありませんが、それも含めて説明しますので、こちらに渡していただけますか？」

「…………」

一応、親父（おやじ）の形見だ。抵抗がないと言えば嘘（うそ）になるが、結局、素直に手渡した。

思えばウルは、親父が地図のデータ上に遺した、まさにその座標にいた。親父のことを知っているのかもしれない。少なくとも、未来を知っている可能性よりは信じられる。

「どうも」

受け取ったウルは、タブレットの画面をタップして勝手知ったる風に操作する。そして

しばらく何か弄ったところで、画面に向けて今度は右の手のひらをかざした。

途端、画面と手のひらの間に、何か紋様を描くような円形の光が浮かび上がり――。

「ちょっ……!?」

「へえ。レトロな見た目の割に結構、性能いいですね……っと、できました」

光は一瞬で収まり、ウルはタブレットを返してくる。

それを受け取った俺に、彼女は続けて。

「私が持っている情報を一部、同期させました。これで読めるはずです」

「読める、って」

困惑して眉を顰める俺に、彼女はひと言。

「――予言書ですよ」

「予言書って……そんなもの、教会にしかあるはずないだろ……」

「まあ、まずは騙されたと思って読んでみてください。それでわかりますから」

ウルの言葉に押される形で、俺は言われた通り画面をタップしてみる。

真っ白な画面。そこに、次々と文字が浮かび上がっていく。

電子上の予言記述が表示されていく。

それは、これまで見たこともない言語だった。

どういう文法法則なのか、さっぱりわからない。どころか、まるで脳が認識を拒否しているかのように、文字のひとつひとつを形として認識することすらできないのだ。
視界ではなく頭の中に霞（かすみ）がかかっているかのような、言葉にできない感覚。
驚くのは——にもかかわらず、俺にはなぜか書かれている内容が理解できることだ。
「新暦一〇二六年、十月、六日……」
その最初の行に記載されている内容を、俺は口に出して読んだ。
今日の日付だ。この予言書とやらの記述は、今日この日から開始されている。
曰（いわ）く、

『第一分岐点：【課題】ウィルイーターの打倒
大方針——
一、剣を手に入れよ
二、集められる限りの旧界遺物を回収せよ
三、圏外域での活動をアミカ＝ネガレシオに悟らせるな
四、ウルを信じろ
——期限：新暦一〇二六年十月二十五日迄（まで）』

それ以降の文字は、なぜか読むことができなかった。いや、この冒頭の数行だけなぜか

読むことができた、というほうが厳密には正しいのだろうが……それにしても。

予言書というよりは、指示書か命令書とでも言ったほうが近いような、そんな内容だ。

なぜか期限まで設定されている。しかも、その割には指示が曖昧だったり、聞き覚えのない単語が記されていたりと、どう受け取るべきなのか反応に困った。

特に三と四に至っては、もはや意味不明のレベルである。

「……これは？」

「そうですね。単純に言えばタスク……クエストと言ってもいいかもしれませんね。この先、レリンが取るべき行動がここに記されています」

「何を言ってんだよ……どうして俺が、こんなことしなくちゃなんないんだ」

反発というよりは、やはり純粋な疑問のほうが大きい。

だがウルは、当然のようにこう続けて語る。

「英雄を目指しているのでしょう？」

「……っ」

あまり気安く触れてほしい個所(かしょ)ではない。

とはいえ、過剰反応するのも認めているようで癪(しゃく)だ。

「だからなんだよ。そんなのは、ついこの間までの話でしかない」

よって俺は首を振りつつ、そう答えた。別に嘘(うそ)ではない。

「お前が言ってるのは《予言の英雄》の話だろ。あのな、そんなの選ばれなかった時点で終わった話なんだよ。未来を知ってるかなんだか知らないが、蒸し返されても困る」

「でしたら」

どこか投げやりに言った俺に、ウルは細めた目でこちらを見ながら。

特に反論せず、ただひと言を添えるように言った。

「続きを読んでみてください」

「続き？　つっても、下のほう読めないんだけど……あ、いや……」

画面を下へスクロールしていくと、靄がかかったような記述の中に、冒頭部分と同じ、読んで認識できる語句がいくつかあった。それらには、

『パイオニア＝フロント陥落』『文明境界線の崩壊』『アミカ＝ネガレシオ死亡』『予言の英雄の全滅』『魔女復活』『人類文明圏の消滅』『世界崩壊』——

「……、は？」

目を疑うような文字の羅列。それらだけが、なぜか情報として認識できる。

腹立たしいことに、その周囲に記載されている情報は、何ひとつとして読み取れない。

「これが……未来だってのか？　お前、言ってることの意味、わかってんのか……？」

教会が予言した魔女の復活――そして、それを防ぐために選ばれた予言の英雄。

ウルの言葉は、彼らがそれに失敗するという意味なのだ。

確かに俺は選ばれなかった。それで自棄（やけ）になって、こんなところまで来てもいる。

だがそれ以前に、選ばれたみんなは俺にとって学友でもあるのだ。その彼らが失敗するなんて言葉を、簡単に受け入れることなんてできない。

けれどウルは一切、恥じるところのない透き通った瞳を向けてくる。

「もちろん、レリン以上にわかっています。わかっていないのは貴方（あなた）のほうなのです」

「……どういう意味だよ」

「そもそも予言の英雄がなぜ存在するのかという話です。レリンだってそれは聞いているでしょう？　なぜ教会が彼らを選んだのかという根本の理由を」

「あいつらが世界を救ってくれるからだろ」

「いいえ逆です。彼らに救ってもらえなければ確実に人類が絶滅するから、です」

「…………」

それは同じことを言っているようで、けれど明確に違っている。

――教会における《神の予言》。

そこには、これから先の未来の指針が示されているという――。

思えば、それはウルが見せたこの予言書にもよく似ている気がする。

「自覚してください、レリン。いいですか？　人類はもうとっくの昔に、この惑星の支配種ではなくなっているんですよ。——滅んでいないことのほうが奇跡なんです」

「それは……わかってるけど」

「人類が今日まで永らえている理由は、ただ単純に機械生命（スカヴェンジャー）が人類圏の中まで攻め込んでこなかったからに過ぎません。逆を言えば、その気になれば滅ぼせるということです」

その気にさえなれば。

彼らは——あっさりと人間を皆殺しにできる。

「そして魔女とは、言ってみれば機械生命たちをその気にさせる存在ですよ」

「魔女、が……」

「魔女なんて呼ばれるから、わかりづらいかもしれませんが。その本質は機械生命たちにとっての王——ヒトに裏切られた結果、ヒトを裏切った怨念の塊。それが魔女です」

そして、静寂。ウルは言葉を切って息をつく。

気づけば俺たちは、長い階段を下りきって塔の下、地上まで戻ってきていた。

「だからこそレリンが必要なんです」

塔の正面へと出たところで、ウルは言った。

「なんで、俺が……」

「英雄になりたいのでしょう？　そのために今日まで生きてきた。ですが貴方（あなた）は教会から選ばれず――けれど選ばれた英雄たちは、このままだと確実に全滅します」

「…………」

「貴方だけがそれを救えるんです。私とこの予言書が、そのための助けになるからです」

息を、吸った。自分が生きているのだと、それで強く実感した。

俺は英雄になりたいと、心からそう思って生きてきた。

ウルの提案はあまりにも都合がいい。それを喜ぶほど不謹慎にはなれなかったが、心のどこかが震えていることもまた否定できない。――英雄に、なれるかもしれないから。

「俺に、……それができるのか？」

「言っておきますが、レリンが想像しているほど楽な道筋ではありませんよ。あの記述を見ればわかるでしょうが、予言の情報は少なく、けれど揺らぎは大きい。今、未来はどの方向にも転び得る状態にあるということです。貴方は、誰にも知られてはならない」

「……それって、」

「人知れず行動しなければならない、ということですよ。誰にも知られず、誰からも称賛されることのない日陰の道。貴方が行うのは人々を救うことではなく、人々を救う予言の英雄を救う、ということなのです。貴方の努力には富も名声も――なんの報いも、ない」

「…………」

「無論、貴方のなりたい《英雄》とやらが、富や名声を求めるそれだというのなら、私も無理じいは致しませんが」

　──どうですか、とウルの視線が訊いている。

　安い挑発だ。富や名声を求めて何が悪い。それらの欲によって人類は発展し、かつてはこの偉大な機械文明を創り上げた。たとえ機械の反逆によって滅び去ったのだとしても、そこへ至るまでに積み重ねられた先人たちの努力は、決して蔑まれるべきものではない。

「……、はっ」

　けれど、それでもむしろ踏ん切りがついた。焚きつけられたのだとしても構わない。その通りだ。俺は富や名声が欲しいから英雄を目指したのではない。ただそうなれたらいいと、それなら自分の人生に意味ができると思ったから憧れた。安い理由だ。

「わかった、やってやる。ウルの言うことが事実なら、どっちにしろ無視できないしな」

　だから俺は頷いた。ウルは薄く笑い、

「まだ私が嘘を言っていると疑っているのですか？　レリンを騙す意味はありませんが」

「そうは言うけど……簡単に信じられる内容でもないだろ？　でも、ほんのちょっとでもそうなるかもしれないなら、俺がいる意味はあると思ったんだよ」

「意味、ですか」

「──ああ。意味があるなら、どうにかしてみる」

　小さく、言葉にするのは固めた決意だ。

まだ自分にも意味があると知った。それを体現するために動くなんて、これまでずっとやってきたこと。それなら何も問題はない。俺には、それができると信じている。

――生きるとは、生きていてもいいのだと自らに証明することを言うと。

ずっと昔、そう教えてくれた誰かがいたはずだから。

「それでは――まずはここから、生きて街まで帰りましょう」

ウルが言った。その言葉に小さく頷く。

「まだ聞けてないことも多いけど、ひとまずはよろしくな、ウル」

「ええ、レリン。そして忘れないでください。――私は貴方(あなた)のために存在します」

※

――それが、俺と彼女との出会いの記録。

英雄にはなれなかった男と、英雄を補佐するためにある少女との――、

決して歴史に遺(のこ)らない、人知れぬ戦いの始まりだった。

第三章『予言の英雄たち』

「……生き、てる」

なんて言葉が、知らぬ間に喉から零(こぼ)れていた。

言葉にして初めて、ようやくにして、自分の恐怖を本心から実感したように思う。

「生きてる……生きて、帰ってこられた……」

今にして思えば、俺はほとんど自殺しに出かけたようなものだ。

単身で、圏外域を奥へ奥へ三日も突き進むなんて、生還していることのほうが間違いに思えるほどの愚行と言えた。あのときの自分はどうかしていたとしか思えない。

勝手に落ち込んで、熱くなって、それで無謀な特攻なんて馬鹿丸出しだ。神様だって、そんな奴(やつ)に英雄の肩書きを与えたいとは、そりゃ考えないというもの。

鏡に映る自分の顔を見つめて、俺はそんな風に自嘲する。

——窓から見える陽光が、昼になることを伝えていた。

塔で目覚めてから、俺たちは丸一日を費やして、この《開拓者の前線(パイオニア＝フロント)》の街にまで帰還している。そのまま親父(おやじ)の家に向かい、気を失うように眠って、こうして目覚めた。

ぼんやりとした頭で洗面所へ行き、顔を洗って、そのまま鏡を見つめる。

普段は救道院の寮で過ごしているが、ここへ顔を出すときのために、念のため水道代を払っておいてよかった。なんて、そんなどうでもいいことを頭の隅で考えた。

「院に顔出さないとな……」

圏外域へ向かったことは誰にも伝えていない。

本来、圏外域へ入るためには救道院管轄下の出入り口でチェックを受けることになる。要は関所だ。人類の領域とそれ以外とを分ける最終関門。最前線の門。

俺はネガレシオ救道院の所属だから、基本的には圏外域にフリーパスで立ち入ることができる。ただ、ひとりで向かう時点で普通なら係官に止められてしまうだろう。

よって俺はゲートで審査を受けず、こっそりと圏外域へ侵入するルートを取っていた。

最終関門だなんだと言ったところで、そんなものは形だけ。この街は人類圏方面となる南側を除き、ほぼ全方位を圏外域で囲われている。

境界線の少し内側には街を囲うように壁が築かれているが、逆を言えばそれだけだ。

ゲートを通じず壁を超えるルートなんて、この街にはいくらだってあった。単に普通の人間は、わざわざそんなところから入らないというだけの話である。

「いや……普通の人間なら、そもそも圏外域になんか入らないか……」

そう言ってから、かぶりを振る。どうもまだ寝惚けているようだ。

俺は洗面所を離れて、簡素なベッドのほうに戻る。

──ここまできてようやく、あるはずの姿がないことに気がついた。

「ウル、は……どこに行った？」

「──ここですよ」

「うぉわ、びっくりしたぁ!?」

いきなりかけられた声に盛大なリアクションをしてしまう。

隣の部屋から顔を覗(のぞ)かせたウルが、そんな俺を見て目を丸くして、それから笑った。

「おや、いけませんね、レリン。昨日は背後から来る機械にも気づいたというのに」

「い、いたのか……、いや、そりゃそうだよな」

「もちろんです。──おはようございます、レリン」

すぐに表情を戻して、ウルはしずしずと頭を下げた。

動きに合わせ、銀糸の髪がふわりと揺れる。なんだか妙な気分になった。

──人間ではない。

そうわかっているはずなのに、そんな風に見えないんだからまったく反則だった。もう少し機械然としていれば、俺だってこんなに困惑しないと思う。

「おはよう、ウル。あー……ちゃんと休めたか？」

話題に困ってそんなことを言う俺に、ウルはわずかに目を細めて。

「心配には及びませんよ。そもそも私は、肉体的な疲労とは基本的に無縁です」

「そ、そうなのか……」

「疲れている機械生命(スカヴェンジャー)なんて、レリンだって見たことはないでしょう？　そういう質問は私からレリンにするものであって、その逆ではありません。レリンの体はどうですか？」

突き放されているわけではなかった。むしろ気遣われている。それはわかる。

だけど、そこまで機械的に考えることは、俺のほうができなかった。だからそう言う。

「いや、俺のほうは大丈夫だよ。戻ってくるまで頼りっ放しだっただろ？」

「それが私の役割です。第一、戦闘らしい戦闘もなかったでしょう」

その言葉の通り、帰りの道のりは行きと比較にならないほど楽だった。

ウルが道案内をしてくれたのだが、ほとんど機械生命と行き遭うことがなかったのだ。

「レリンは魔力を使いすぎていましたからね。それが回復しないと危険ですから、休息はしっかり取ってください。あの塔の回復液では魔力は戻りません」

「問題ないって。もうすっかり回復した」

「……嘘(うそ)ではないようですね？」

こちらに近づいてきたウルが、俺の顔を下から覗き込みながら言った。

なぜだろう、微妙に信用されていない。ただそれ以上に、距離が近くなるのがやっぱりどうにも気恥ずかしかった。

「ふむ……では食事にしましょう。キッチンは使わせていただきましたよ、レリン」

「え、作ってくれたのか？」

「これも性能の売り込みのひとつです。私の完璧さを、レリンに知ってもらわなければ」

相変わらず透き通った表情でウルは言うが、よく見ると少し得意げだ。

自分の能力には、なんだかんだ一定の自負があるのだろう、たぶん。

「今、持ってきますね。レリンは待っていてください」

「あ……ああ、了解。なんか悪いな、いろいろと」

「レリンは私の所有者ですから。もっと堂々と私を使って構わないんですよ？」

再びキッチンのほうへ引っ込んでいくウルは、そんな言葉を俺に残す。

そう言われても、だ。奉仕される側は慣れていないから、正直、居心地は悪かった。

どちらかと言えば奉仕する側に慣れている。ネガレシオ救道院に拾われた孤児として、独立までの面倒を見てもらう代わりに、いろいろ奉仕活動に従事してきたからだ。

「……本当、妙なことになったよな……」

見慣れた部屋の中も、すぐ隣にウルがいると思うと妙に新鮮だ。

というか現状、いまいちウルのことがわかっていない。俺を主人——所有者だと仰いでくれるけれど、それだって、いったいなぜ俺が選ばれたのか。

たまたま出会ったからという雰囲気じゃない。ウルは俺と出会う前から、明らかに俺を知っている風だった。まあ、俺と会う未来を知っていたということなのだろうが……。

部屋の片隅に置きっ放しの、親父の形見の箱を見る。

ウルの居場所のヒントはこの中に遺されていた。無関係ではないはずだ。

開拓の英雄――ウィリアム＝クリフィス。

彼が俺に遺した謎だとすれば、それに応えるのが息子としての義務なのかもしれない。

そんなことを思案しているうちに、やがてウルが戻ってきた。

その手に大きな鍋を持って。

「さて、遠慮せずに食べてくださいね、レリン。栄養はしっかり摂取してください」

「…………」

湯気の立つ鉄鍋を平然と素手で持っているウル。機械だから熱くないのだろうか。

ただそれを訊ねるより先に、彼女が置いた鍋の中身が気になってしまった。

……なんだこれ。

あえて簡単に表現するのなら、それは《お湯に錠剤が浮いている》料理だった。

いや料理ではないような気もするけれど。錠剤を材料としてしまった時点でもう料理を名乗る資格を自ら捨て去ってしまったような気がするけれど。すごくするけれども。

唐突に押し黙った俺を見て、ウルはなんだか不思議そうに首を傾げる。

「どうしたんですか、レリン？」

しいて言えばそれはこちらが訊きたい。

どうしたんだ。何をどうしたらこれが提供されるんだ。

それともこれは、見た目を無視すれば実はとても美味しかったりするのだろうか。

無言のまま、半分くらい助けを求めるつもりで俺はウルを見つめる。

だがそれは悪手だった。当然だ。助けを求める相手が完全に間違っているのだから。

「ふふ、なるほど。どうやらレリンに新鮮な驚きを提供できたようですね」

固まってしまった俺を見て、ウルは料理の出来に驚いたという解釈をしたらしい。

まあ間違ってはいない。完全に間違っているが間違っていない。

「大丈夫、栄養バランスは完璧です。実は私、このために、あの塔から栄養剤をいくつか持ってきておいたのです。さあ、遠慮せずに食べてくださいね」

そりゃ栄養は確かに摂れるだろうけど。

「…………」

置かれた鍋に視線を下ろす。

ウルはきちんと抜かりなく食器も用意してくれていた。食べるしかなさそうだ。

「い、いただきます……」

器にサプリメントスープをよそう。

見た目がすごい。本当に、ちょっと濁ったお湯の中にカプセルが浮いているようにしか見えなかった。美味しそう不味そう以前に、味がしなそうという感想になる。

ていうかこの濁り、見ている間に続々と錠剤がお湯に溶けているせいみたいだ。錠剤のサプリが溶けて、カプセル入りのサプリが残っているという感じ。

それでも、せっかく用意してくれた朝ご飯なのだ。ひと口も飲まずに逃げられない。

俺は意を決して、ウル謹製のサプリスープをひと口飲んだ。

「…………」

がんばって食レポをするならば、予想を裏切る斬新な味わいと言ったところ。

見た目、お湯にしか見えないスープだが、実際には何やら塩味がつけられていた。ただ美味いか不味いかで言えば、若干しょっぱいが答えになる、そんな感じで。

その味の奥に、ほんのわずかに舌先を痺れさせる苦味があった。おそらくお湯に溶けた錠剤が持つ素材本来の味わいだろう。絶対関係ないのになぜか海を思い出すのは、どこか海水を思わせるからか。かつて一度だけ入った人類圏の海で、溺れた記憶が想起される。

スープの合間に感じるカプセルの喉越しも実にまろやかで、趣深いひと品と言えた。

——要約すると美味しくなかった。

別に吐き出すほど不味いわけでもないのが一周回って悲しみを感じさせる。ただ純粋にどこまでも美味しくない。普通に水でサプリを飲むほうが結果的にはマシまであった。

「どうです？　私の料理の腕に感謝を覚えたなら、表現するのを止めはしませんよ」

遠回しに、けれど確実に褒めろと要求してきているウル。

俺はどうすればいいのだろう。

せっかく作ってくれたことを思えば、正直な感想は述べづらいところである。

「……ウルって料理したことある？」

迷いながら、結果として俺はそう訊ねてみることにした。

結論を先延ばしにしたかっただけとも言える。

「いえ、ありません。ですが私の性能をもってすればこの程度は容易と言えます」

「……そう、なんだ？」

「驚きでしょう？　ですが私は、レリンが私の料理を気に入ることをわかっていました。食べたくなったらいつでも言ってください。いつでも腕を振るいますよ」

嫌すぎる。

ダメだ仕方がない。今後もこれを提供されるくらいなら、最初に正直であるべきだ。

「ごめん、ウル。せっかく作ってもらって言いづらいんだけど、――これ美味しくない」

「――――――な、」

自慢げに目を細めていたウルが、そのひと言で凍りついた。

大きく目を見開き、信じられないという表情で彼女は俺を見つめてくる。

そんな顔で見ないでほしい。ごめん……、でも悪いけど携帯食料のほうがマシ……。

「ばかな、レリン……気に入らなかったのですか……？」

「いや、その、作ってくれたことは嬉しいんだけど、ええと……」

「な、何が悪かったのです!?」

ウルは見るからに狼狽えていた。焦ってわたわたと手を振っている。

こんな彼女を見るのは初めてだったから、そういう意味では新鮮に思えるけれど。

「栄養バランスは完璧なのですよ！」

「や、まあ、そうなんだろうけど」

「味にも気を遣って、人間が好む塩味を加えたんですよ……!?」

「そう言われるとアレなんだけど……」

「な、なぜ……私のロジックは完璧だったはず。い、いえ、それ以前に、未来の情報では
レリンは私の手料理をとても気に入ると……こ、こんなところに運命の揺らぎが!?」

「これを気に入る人類、たぶんいないと思う」

「ばかな」

ショックを受けた表情で、ウルはわなわなと肩を震わせていた。そもそも小柄だから、
こうしていると、なんだか捨てられた子犬のように弱々しく見える。

もはや俺のほうが申し訳ない気分だ。小さく息をつき、それから再び口をつける。

「あ、レ、レリン。気に入らなかったのなら、残りはもう捨ててしまっても……」

止めに入るウルに、俺は首を横に振って。

「いや、まあ作ってもらったんだし、そんなもったいないことしないよ。それよりウルに訊きたいんだけど、ウルは食事って摂らないの？」

「私、は……ええと、食事からエネルギーを摂ることも機能としては可能、ですが……」

「じゃあいっしょに食べよう。このスープはともかく、次からは。俺も作るし」

基本的に俺を上位として仰いでくれるウルだ。いっしょに食事はしないとか、いかにも言い出しそうな台詞を先に潰しておく。見られながら食事するよりは千倍マシだろう。

「料理も練習すればいいし。俺が教えるよ」

「レリン……」

小さく、気づけば俺は笑っていたのだと思う。

なんとなく、少しだけ、ウルに近づけたような――そんな気がしたからだ。

なにせ出会いが出会いだった。俺は未だに彼女の正体をよくわかっていないし、彼女が俺に求めたことの意味もよく理解していない。

理解できていないまま、それでも意味はあるんだろうと、そう思っているだけなのだ。

それで構わないと思っていた。だから俺は《どうにかする》と言ったのだと、きちんと自覚できているから。

「む……いいでしょう、わかりました。いずれレリンの気に入る料理を作ってみせます」

ウルは言う。思えば彼女は、最初から自分を売り込んでいると言っていた。

それで作ったこともない料理を作ってくれたのなら、その気持ちは嬉しかった。意外に不器用で、機械を名乗る割に人間らしい彼女を、素直に愛らしいと思えるから。

そんな彼女の言うことなら、信じてもいいと思えるからだ。

そもそも彼女に悪意があったら、今頃とっくに人類圏は滅んでいることだろう。

「楽しみにしてるよ」

そう言って、俺は再びスープを啜る。やっぱり、ぜんぜん美味しくない。

「やっぱウルも飲んでみたら？　自分でどう思うコレ？」

「……味がすると、思いますが……すみません、食事はほとんど記録にないので」

「そうなのか……ウルって、あの箱？　に入る前は何してたの？」

そう訊ねてみると、ウルは問いに表情を顰めた。

彼女にしては非常に珍しく、答えたくないという意思の伝わる顔だ。

「……すみません、レリン。私はこれ以上、レリンに嫌われたくないのです」

「これ以上って……てか、そもそも嫌ってないんだけど」

「でも料理は気に入らなかったと」

「まあ、確かに味はアレだったけど。だからって作ってくれた気持ちまで無下にする気はないって。そもそも、今こうして生きてるのがほとんどウルのお陰だし」

「……そんなことはありませんよ。貴方は、あの場所では死にません」

首を振ってウルは言った。

「そっか。未来を知ってるんだっけ」

「ええ。もっとも、私の持つ情報では、レリンは私の料理を気に入るはずでしたが」

「さっきもそんなようなこと言ってたね」

と、そこでひとつ気にかかる。

それは結果的に、予言が外れているということではないだろうか。

「……ウルの知ってる未来にならないこともあるの？」

「揺らぎはありますよ。未来の情報は様々な事情が複雑に絡み合った末に決定されるものですから。ほんの些細なことで、小さなブレが発生することは多くあり得ます」

――ですが、とウルは言葉を続ける。

澄んだ深紅の双眸が、射貫くようにまっすぐ向けられていた。

「それはあくまで小さな波のようなもの。大きな本流は逆に余程のことがない限り揺らぐことはありません。強い運命を変えるのは、並大抵のことではないということです」

「それが……人類が滅ぶってことなのか」

「はい。単純な話です。未来が未確定なのは、確定した現在からの影響を受けない範囲に過ぎないのですから。逆を言えば、現在の時点で確定し得る未来もあるということです」

「……ええと」

「たとえば」

そう言ってウルは持っている器を高く上げた。

何かと思って視線を上げた俺に、ウルは端的に問う。

「今ここで私が器から手を放したら、そのあとどうなると思いますか？」

「どうって、そりゃ下まで落ちると思うけど……、違うの？」

「いえ、その通りです。これは《器から手を放す》という現在が確定した段階で、《器が落ちて中身が零(こぼ)れる》という未来まで確定するという考え方になります」

「ああ……なんとなくわかった」

要因が発生した時点で結果が決まっている、という因果関係の話なのだろう。

簡単に変わる未来と、なかなか変えられない未来の違い。

「つまり、これからレリンがやることは、器から手を放そうとしている何者かを人知れず発見し、地面に落ちる前にキャッチするような行いになるわけです」

未来を変えるとはそういうことなのだろう。

安請け合いしたはいいが、そう聞くとなんだか難しいことのように思えてくる。

ただウルは、そこでふわりと表情を和らげて言った。

「大丈夫ですよ。なにせそのために私がいて――そのために予言書があるのですから」

「予言、書……」

「この世でただひとつ、レリンのためだけに記述された予言書。それに記述されたことをひとつずつこなしていけば、最終的には未来を変えることができます」

「……これ、そんなにすごいものなのか……」

昨夜、ベッドの上に放り投げたタブレットに視線を投げる。

俺のためだけの予言書。未来を変えるために必要な最高級の指示書。

なるほど、そんなものがあれば心強い。俺でも未来を変えられるかもしれない。

――タブレットのランプがにわかに明滅し始めたのは、ちょうどそんなときだった。

「あれ、光り始めたけど⁉」

「ちょうどいい。予言書が更新されたんですよ」

「なんだって？」

「開いてみてください。何か新しいことが記されているはずです」

俺は頷(うなず)いてタブレットを手に取る。

すると確かに、昨日は書かれていなかった――あるいは書かれてはいたが読めなかった部分に、新しく読める文字が現れているのがわかった。

ただ記されていたものは、昨日見たあれらとは違うもっと明確な《指示》で。

「……なんだこれ？」

「さあ。ともあれ、まずはやってみるのがいいかと思います」

新しく更新された《予言書》の記述。

そこには、こう書かれていた。

『午前中に寮の荷物を全てウィリアムの屋敷に移動させろ』

意味がまったくわからなかった。それがどう人類を救うことに繋がるのか。

それに、よく見ると文字の書かれ方も微妙に異なっている。昨日見たときは確か期限が別に書かれていたが、今日のは指示の文中に午前中という指定が含まれている。

だからどうしたと訊かれれば、別に大した意味はないのかもしれなかったが……。

「まあ、面白そうだしやってみるか」

午前中に寮の荷物を全て持ち出すとなると、結構な作業量だ。早めに出たほうがいい。

何かを倒せとか手に入れろとか、そういう指示じゃないだけ気分も楽だ。早めにやっておくのがいいだろう。俺は、そんな気楽な思考で、今日の予定を考えていた。

※

——だから気がつかなかった。

　俺はこのとき、あらゆることに気がついていなかった。

　予言書が更新される前のウルの表情にも気づいていなかったし、そもそもウルの説明に明らかに矛盾があることも、意図的に伏せられた事実があることも気にしていなかった。なぜ未来を知っているはずのウルが説明をしないのかも、なぜ予言書に半端な指示しか記述されていないのかも、なぜ俺が料理を気に入るとウルが誤解していたのかも、全て。

　気がついてもいい疑問点を、俺は確認しようとすら考えなかった。

　どころか、そもそもそこに意味があるとさえ想像ができなかったのだ。

　――それがどれほど愚かな判断か。

　このときの俺は、何ひとつ理解していなかった。

※

「……参ったな……」

　と、思わず俺は小さく呟く。

　幸いその言葉は、隣を歩くウルの耳に届く前に、音の輪郭を空気へ溶かした。

「何か言いましたか、レリン？」

「いや、なんでもないよ。ただちょっと肩身が狭いなってだけ」

「はあ……？」

誤魔化しの言葉に、きょとんと首を傾けるウル。

というのも。さきほどから、視線を集めて仕方がなかった。

今、俺たちはネガレシオ救道院の中庭の一角にいる。ここから院内にある寮へ向かおうとしているのだが、通りすがる者はほとんど全員が、こちらに意識を向けてくる。

確かに、傍目にもウルは美人だ。いや人ではないのだが、見た目でそれはわからない。美しい銀糸の髪は無論、宝石のような紅玉の双眸にも引力がある。街中を歩いていれば振り返る男は多いことだろう。ただ、どうもそれだけが理由ではないようだ。

「……俺のせいか？」

これでも、俺は救道院内ではそこそこ有名だ。なにせ成績はいちばんいいのだから。

そんな俺がしばらく休んでいたかと思えば、突如として見知らぬ美少女を連れてきた。

ゴシップ好きの連中にとっては、いい話題の提供だったのかもしれない。

「本当は院にもいろいろ報告しようかと思ってたんだが……先に寮に行っちまうか」

「私は構いませんが……なんだか冴えない表情ですね、レリン」

「こうも視線が集まると居心地が悪いんだよ」

「……英雄を目指しているのでは？」

「いや、それとこれとは話が別っていうか……むしろウルは平気なのか？」

「レリン以外の人間は、だいたい同じ顔に見えますので」

「えっ」

なかなか衝撃発言だった気がするが、深く掘り下げるのも怖いので俺は流した。

まあいい。それより、さっさと予言書の指示を達成しよう。

そう考えてかぶりを振った俺に、不意にそこで、遠くから声がかけられた。

「――レリンっ!!」

「う……」

俺は思わず渋面を作ってしまう。

声のほうを見るのが嫌で、たまたま視線を向けたウルが怪訝(けげん)そうに目を細めていた。

そんなことをしている内に、声の主が中庭を突っ切ってこちらに駆けてくる。

「……また注目が増えるなあ……」

「何してんの、こんなとこで！」

「あー……」

美しい赤色の髪が、諦めて向けた視線の先で流れた。

生真面目で意志の強そうな、黒茶色の瞳がこちらに注がれているのがわかる。

選ばれた英雄――アミカ＝ネガレシオ。

今、最も会いたくなかった少女がそこにはいた。

……いたけれども。

「今まで何やってたわけ!?　何日も連絡なく急にいなくなって……!」

「あ、うん。いや、……まあ、うん」

「……何、その感じ。言いたいことがあるなら言えばいいでしょ」

「え。あー、そう？　いいの？　本当に、その、言っても？」

「だから何？」

「……お前のほうこそ今、何をしてるわけ？」

「くぅ」

俺の問いかけに、アミカは悔しそうに鳴いて顔を伏せた。

絶対に訊かれるってわかってんだから、言えばいいとか言わなきゃいいのに……。

思わず、俺の視線もアミカの向く先を追うように下へずれていく。そこに、

「わん」「わふっ」「はっはっ」

「……わあ、かわいい。どこのお犬さんかなあ？」

もうなんかそんなことしか言えなくなる俺。

それもそのはず。俺の足元には今、アミカが引き連れてきた十頭ほどの、種類も様々な仔犬たちが群れて集まっていたのだから。

「――いやどういうことぉ？」

「仕方ないでしょ、しばらく面倒見てほしいって頼まれちゃったんだからっ!!」

「お前、今度はアニマルシッター始めたのか!?」

どうしてアミカは会うたび謎のバイト（？）を始めているのだろうか。

お前、仮にも英雄だろう。ていうかそれ以前に、この救道院の院長の娘だろう。そんなあちこちで仕事しなきゃならないほど貧乏じゃないだろう。むしろ依頼する側だろう。

……なんてツッコミを今さらする間柄でもないのだが。

それにしたって、毎度こう飽きもせずいろんなパターンで現れてくると、もはや狙っているのではないかという気がしてくる。

「わふん」

「あ、うん。よしよし。懐っこいね君たちね。かわいー……」

尻尾を振りながら足元に纏わりついてくるワンコたちを無下にもできない。

屈んで撫でてやりながらも、じとっとした視線をアミカに向けた。

「野犬とかならともかく、この街にこんなに飼い犬がいるとは知らんかったよ正直」

「うううっさいな、もぉ！　別に好きでやってるわけじゃ――」

「わんっ！」

「あ、違うの、ごめんね？　よしよし、怒ってないからだいじょぶだよー？」

何本ものリードを器用に持って、お犬様たちのご機嫌を伺う英雄がそこにはいた。

「………大変だね、アミカも」

「ううううう、うるさいって言ってるでしょお!?」

顔を真っ赤にしてアミカは俺を睨(にら)んでくる。

が、足元で楽しそうに犬がじゃれているせいで、迫力が一切なかった。

「何がどうしてこうなったの?」

「今いろいろと厄介な時期だし、真ん中のほうからお客さんが来たりしてんの! あたしだって忙しいけど、連れてきちゃった人がいるんだから、しょうがないじゃん……!」

アミカの言う『真ん中』とは、この人類文明圏の中心部という意味で、要するに人口の多い都会のほうを意味する慣用表現である。金持ちのいる場所と言い換えてもいい。

当然かもしれないが、いくら人類圏が《結界作用(ドメインエフェクト)》により安全だと言っても、できればより圏外域との境界から離れた場所で暮らしたいと普通なら考える。

結果、自然と中心部に行くほど人口が多くなり、経済も活発になるというわけだ。

——院を訪れた賓客の中に犬好きがいて、そいつが連れてきたペットの世話を頼まれたとか、まあそんな程度の話なのだろう。わざわざ引き受けなきゃいいものを……。

「とにかく、今はあたしの話がしたいんじゃなくて!」

「いや、だいぶ気になるけど」

「誤魔化さないで。あたしはどこに行ってたのかって訊いたの」

「……っ」

さすがに、アミカの頼まれごとを引っ張って話を誤魔化すのは無理なようだった。

返答に詰まる俺を見て、彼女は奥歯を噛み締めるように俯いたあと、再び顔を上げて。

「……圏外に、出てたんでしょ」

「なっ……知ってたのか」

「やっぱり。いったい何考えてるわけ!?」

鎌をかけられたか。いや、アミカの真面目さならおそらく裏を取っている。

「ひとりで圏外に行くなんて自殺行為もいいトコなのに、なんでそんなバカするの!?」

「いや、えっと……それはその、」

アミカの言葉は正しく、俺には反論のしようがない。

事実もしウルと出会えていなかったら、俺は死んでいたことだろう。

「もし何かあったら……どうするつもりだったの！」

見ればアミカは、瞳の端に涙を溜めている。

あれだけ言いたいことを言って飛び出した俺を、それでも心配してくれていたのだ。

「わ、悪かったよ！　ごめん、この通り！　俺もどうかしてたんだ」

ぱん、と手を合わせて頭を下げた。

ウルと出会ったからか、圏外域へ出る前には感じていたアミカたちへの嫉妬や隔絶を、今はそれほど感じていなかった。だから素直に謝れたのだと思う。頑なになってしまっていたのだ。選ばれなかった時点で、あのときの俺は、選ばれた側であるアミカに何を言われたところで聞いていなかった。

自分の気持ちがアミカにわかるはずがないと、どこかで壁を作ってしまっていたのだ。

その意味も込めて頭を下げる。

しばらくそうしていると、やがて呆れたような溜息が目の前に零されて。

「はあ……わかった、もういいよ別に。そんなに謝られたらあたしが困るじゃん」

その言葉に顔を上げると、目の前のアミカと目が合った。

直後、アミカはふいと視線を逸らした。耳が少し赤くなっているのが見える。

どうやら許してもらえたらしい、と俺は息をつき、それから笑った。

「……照れるなよ、そこで」

軽口を言った俺に、彼女はふんと鼻を鳴らして。

「うっさいな。どうせ今だって足めっちゃ舐められてるんだからカッコつかないでしょ」

「正直その絵面はめっちゃ面白いけれども」

「ばか。……こんな心配させといて。あれが今生の別れになったらどうすんの？」

「ああ……そりゃ困るな。俺も困る」

　──いつ誰と会えなくなるかわからない以上、別れに未練は残さない。

　圏外域へ挑むような人間ならば、誰だってその心構えで生きている。遺体さえ失われることの多い境遇だからこそ、せめて最後の想い出くらい、綺麗に飾っておきたいからだ。

　そんなことすら忘れていたのだから、俺も頭に血が上っていたと言うしかない。

　ともあれ、こうしてアミカと仲直りできたのなら来た甲斐はあっただろう。

　彼女とは長い付き合いだ。救道院に引き取られる以前からの数少ない知り合いであり、幼馴染みだ。喧嘩別れで会えなくなるなんて、確かに馬鹿らしかった。

「はあ……本当に、レリンはいつだって無茶ばっかするんだから。少しは心配させられるほうの身にもなってほしいよ。その尻拭いは、いっつもあたしがすることになるんだし」

　やれやれとばかりに、首を振って言うアミカ。

　どうやら、いつもの調子を取り戻したらしかった。俺も応じる。

「言うほど無茶ばっかしてないから今も生きてるんだけどな。ていうか、お前にばっかりそこまで迷惑かけてるか？　同じ立場同士、その辺りはお互い様ってもんだろ」

「どこが。毎度、倒れるまで無茶して、そのたびに看病させられた覚えあるんだけど？」

「おい、そりゃ昔の話だろ。もっと小さい頃のだ。今は俺だってそこまでじゃない」

「言いたいことそれだけ？」

「……その節は大変お世話になりました」

「はぁあ、まったく……根っこはぜんぜん変わってないんだもん。嫌だからね、あたし。レリンが死んで、遺品とか整理させられるなんて」

「…………」

長い付き合いの割には、なんだかとても友達甲斐のないことを言われてしまった。

少し悲しい。せめてそのくらいはやってくれると思っていたんだけど……。

「……じゃあ俺が死んだら、俺が持ってるもんはアミカにやるよ。英雄候補に選ばれたんだし、上手いこと活用して魔女を倒してくれ。それが交換条件ってことで」

この街には知り合いが多いが、俺自身は身寄りのない孤児だ。

財産を遺すべき家族もいない以上、それがいい考えだと思って告げた俺に、彼女は。

「…………」

「あ、あれ。アミカ？」

何も答えず、なんだか意味ありげな視線だけを向けてくるのだった。

何か考えているような表情にも見えたが、アミカは黙ったまま何も言葉にしない。

微妙な、静寂の一時。それがいつしか終わってから、アミカは小さく、俺に言った。

「……まあ、いいや」

どういう意味の言葉なのだろう。

それを問う間もなく、アミカはかぶりを振ると視線をずらして。

「それより。もしかして後ろにいる子、レリンの連れなの？」

ふと気がついたという風に言った。

「ああ、えっと――」

そういえばウルを紹介していなかったと気がつくと同時、そもそも紹介のしようがないという事実に思い至る。機械生命(スカヴェンジャー)です、なんて人類圏の中で言えるわけがなかった。

まったく考えていなかったが、冷静になるとこれは相当の秘密だ。

機械生命といえば例外なく人類の敵であり、そんな存在を人類圏の中に招き入れたなどとは、口が裂けても言えやしない。というか普通なら結界で入ってこられないはずだし。

あれ。ていうかウルは普通に入れるんだ？

その辺りまったく考えていなかった。あまりにも今さらに過ぎる。

……どうしよう？

こんなことなら前もってウルと口裏を合わせて、説明を考えておくべきだった。

「――あー……」

何を言うべきか思いつかず、俺はそのまま視線をウルに流す。

彼女はさきほどから、少し離れた場所で何も言わずにずっと控えていた。やけに静かだと思っていたが、もしかすると俺が話をするのに気を遣ってくれたのかもしれない。

ウルは俺が向けた視線に気づくと、にっこりと笑ってこちらへ近づいてきた。

そして、

「用件は済みましたか？　ではそろそろ向かいましょう、レリン。時間がありません」

「え……」

午後までは結構まだ猶予があると思うのだが。

ウルは、目の前にいるアミカの存在など無視するかのようにそんなことを言う。

さすがにアミカも不可解に思ったようで、目を細めてウルに問う。

「貴女(あなた)は？」

「――――」

無視。無視である。

それはもう完全無欠の無視である。ウルはアミカの言葉に反応すら示さない。

これにはアミカも面食らって、さすがに少し気を悪くした様子で。

「……あの。貴女に訊(き)いているんですけど」

「――――」

「あの、もしもし！」

「――――」

「は？　何コイツ。レリン、これどういうこと？」

――ああ、矛先がこっちに向いた。せっかく仲直りしたのに……。

というか俺のほうも割とびっくりしている。アミカの存在など視界にも入っていませんくらいの勢いで、ウルはただ可憐な笑みを俺に向けているだけなのだから。

笑みが可憐であることが、なんかもういっそ怖かった。

「お、おい、ウル。どうしたんだ？」

狼狽えながら訊くと、ウルは俺には答えを返す。

「ですからあまり時間がありませんと。無駄話はほどほどにすべきですよ、レリン」

「――あ？　無駄？」

しれっと笑顔のまま毒を吐くウルに対し、明白にキレてますという目を（なぜか）俺に向けてくるアミカ。今やこの場は、圏外もかくやという死地だ。

おかしいなー、圏外域からは生還したはずなのに。ここは本当に人類圏ですか？

「ねえ。あたしは、貴女が誰かって訊いてるんだけど？　答えたくないなら、せめてそう口にするべきじゃない？　ここ一応、院の敷地内なワケだし？」

アミカはかなりキレている様子だが、それでも相手が初対面で、俺の知り合いだから、かろうじて怒りを抑えようという努力が窺える。

対してウルは、それらを一切まったく意に介しませんとばかりに俺だけを見ていた。

「……あのぉ。よければ、アミカの質問に答えていただいても……？」

謎の板挟みに襲われた俺は、もはや情けなくそんなことを言うしかない始末。

と、それを訊いたウルはようやくひとつ頷くと、そこで初めて視線をアミカに向けて。

「お初にお目にかかります。私、レリンの所有物のウルと申します。あくまでもレリンが持つ一個の道具に過ぎませんので、どうぞ私のことはお気になさらないよう」

「……………………………………………………へえ」

淡々とした爆弾発言と、底冷えのする相槌が、この場においてただふたつの音だった。音はそれだけだと思う。たぶんね。俺の呼吸と鼓動は止まったから無音だよね実質。

「わふっ？」

お犬様たちはちょっと空気読んでねお願い。

「……レリン？」

仔犬たちを気にせず、アミカは俺を見つめてくる。目がまったく笑っていなかった。

「おい、落ち着け。頼むから。その怖すぎる目を俺に向けるなアミカ。泣くよ？」

「今だいぶ泣かせてやろうかなって思ってるけど」

人間はゴミにだってもう少し愛情を持てるというくらい軽蔑しきった双眸を、アミカに向けられる悲しさは言語化しがたいものがあった。

胸が痛すぎる。さっきまであんなに仔犬たちには優しかったじゃない……。

「いや、言葉の綾だって！　てかウルも、もうちょっと表現ってものがあるでしょ⁉」

俺は助けを求めるようにウルに話を振るが、彼女も彼女で笑顔のまま。

「まあそんな。すでに一夜を共にして、私の初めてまで提供したのに否定なさると？」

なぜか棒読みで、そんなことを宣ってくれやがった。

――ああコイツわざとやってやがるんだ、とわかっただけでも収穫だろうか。

確かに嘘は言っていない。俺の部屋に泊まったわけだし、初めての手料理も確かに提供していただいた。だが、この文脈ではまったく違った意味に聞こえるのは当然のこと。

「ともあれ。これから私たちには重要な用件がありますので、これで失礼します」

いったい何を狙ってのことなのだろう。アミカに喧嘩を売っているというよりは、俺の社会的立場を安値で叩き売っている気がしてならないところだが。

ウルはそう言うと、俺の手を取って強引にその場から連れ出そうとする。

「あっ……。ちょ、待って、どこ行くのレリン！」

引っ張られる俺を止めようとアミカが声を上げる。

どうしたものかと迷う俺に、そこでウルが小さな声で、俺の耳元に囁いた。

「課題を忘れたのですかレリン。彼女と、あまり長く接触すべきではありません」

「え……、あ」

言われて、そこでようやく一昨日見た予言の内容に頭が追いつく。

――圏外域での活動をアミカ＝ネガレシオに悟らせるな。

確かにそういう指示があった。ウルが強引に話を終わらせたのは、余計なことを言って

アミカに悟られるのを防ぐためだったということらしい。

「課題の達成には可能な限り万全を期すべきです。未来がどうズレるかわかりませんよ」

そういうことなら、確かにこれ以上、アミカと話すべきではないかもしれない。

俺はこれからも圏外域で活動を続けることになる。課題抜きにしても、それをアミカに知られたら止められる。事実を話せない以上、接触そのものを少なくするべきだった。

「悪いアミカ。そういうことだから、また今度な！」

「ちょっ、レ……レリンっ」

謝罪だけ残して、俺はウルに引っ張られるままその場を立ち去る。

その背中に、ずっとアミカの視線を感じながら。

だが後戻りはできない。

あの予言には——彼女の死すら記述されていたのだから。

※

——アミカ＝ネガレシオとの出逢(であ)いなんて俺はまったく覚えていない。

なにせ物心つく前からの付き合いだ。彼女の両親と、俺の父が知り合いだったことから関係が始まったとだけ聞いている。歳(とし)も同じだったから、親しくなったのも自然だろう。

家族のように、兄妹のように、俺と彼女は長い時間を共有してきた。

やがて俺は父のように自然と圏外探索を志し、また教会によって自分たちが予言の世代だと告げられたことも関係してか、アミカも同じ道を選ぶようになった。

本来、それは今の人類にとって当然の方針だ。

失われた生存領域を取り戻さなければ、人類はこの先、緩やかに衰退する以外にない。

なにせ人類圏に残された資源なんてとっくに底を突く寸前で、このままでは人類はその数をゆっくりと減らしていく以外の未来がなかった。

やがて総人口がある程度を割ったところで、人類という種は完全に未来を失う。期限は刻一刻と迫っていて、にもかかわらず取り戻せた圏外領域はこの《開拓者の前線》だけ。

圏外探索者の育成は人類の急務で、ネガレシオ救道院はその希望の最前線だった。

「どうしてレリンはそんなにがんばれるの？」

あるとき、そんなことをアミカに問われたのを覚えている。

いつだっただろう。正確な時期や、どういう状況だったのかはいまいち記憶にないが、交わした言葉の中身だけは今もはっきり覚えていた。

「なんのこと？」

そう訊き返した俺に、アミカは言った。

「だから、院の訓練とかのこと」

「だってがんばって鍛えなきゃ英雄になんてなれないだろ」

「だからレリンは、どうして英雄になりたいの？」

　俺には彼女の問いの意味がわからなかった。

　だから、当たり前にこう返した。

「なりたいも何も、ならなくちゃダメだろ？」

「ダメって、どうして？」

「どうしてって……だって俺がこの院で世話してもらってるのは、親父が英雄だったからだろ？　だったら俺も英雄になんなきゃ嘘じゃないか。育ててもらってる意味がない」

「…………」

「それに格好いいしな。英雄だぜ、英雄。みんながすごいって認めてくれるんだ」

　でなければ俺には価値がない。

　生きている意味が、ないじゃないか。

「──そんなことないよ」

　と。だからアミカがそんな風に答えたのは、俺にとっては心から意外なことだった。

「そんなことない。レリンが英雄じゃなくたってあたしはいいもん」

「な、なんでだよ……」

「なんでも何もないよ。レリンは、英雄になんてならなくってもいいの！」

思えば、彼女と初めて喧嘩をしたのは、そのときだったように思う。

思い出したのはそのせいか。結局、すぐに忘れて仲直りした気がするが、彼女が魔術の才能を花開かせた時期は、ちょうどその直後くらいだったのではなかったか。

彼女は天才だった。

無駄に小器用だった俺が、総合成績で抜かされたことは一度もないけれど。

こと魔術の技量において、アミカ＝ネガレシオの右に出る者はひとりもいなかった。

「あたしは、……英雄になんてなりたくないよ」

アミカはそんな風に語っていた。

それでも、選ばれたのは俺ではなく彼女だった。

※

結局、午前中を費やして予言書の指示通りに寮を引き払った。

荷物を全て運び出すのに二往復必要だったが、その程度なら大した手間ではない。

「むしろ少なすぎませんか」

とウルは語ったが、家具の類いはだいたい寮に備えつけのものだ。俺自身のものなんてせいぜい衣服や消耗品くらい。寮生活なんて、まあそんなものだろう。

元来、あまり物欲もなかった。

そういうのは英雄になったあとで考えればいいと思っていたのだから、我ながら単純な思考回路をしている。ほかの財産は、初めから親父(おやじ)の家のほうに置いてあるわけだし。

ちなみに俺は、実はそれなりに稼いでいる。

救道院(きゅうどういん)を単純に訓練施設として見るのは間違いだが、戦闘力に秀でた関係者が多いこと自体は事実である。このご時世、圏外に出ないとしても戦う力には結局、需要があった。

ある種の傭兵(ようへい)として働く出身者は多く、院を通じてその手の仕事が回ってくるのだ。

圏内だって決して絶対の安全は保障されていない。

野生の動物は脅威になるし、中には魔力によって変異した凶暴な個体だって存在する。

何より、人類とはたとえ機械生命(スカヴェンジャー)に襲われずとも身内同士で争い合う種だ。人類圏内を移動するだけでも、護衛という名の戦力は基本的に欠かせない。

そういう仕事を請け負うことで、報酬を受け取れるのだ。

ライナーだって、今は圏外に出ている時間よりも、圏内で仕事をしている時間のほうが長いだろう。探索で名前が売れるほど、大きい仕事も入りやすくなっていく。

俺の場合は依頼が院を経由しているため、取り分の何割かは院が持っていく契約だ。

それは逆に言えば、今まで育ててくれた院に対し、仕事を請け負うだけで多少なりとも恩返しができるということ。割合、俺は積極的に仕事を手伝っているほうだと思う。

アミカが見るたびに謎のバイトをしているのも、その繋がりではあるのだろう。なぜか妙に雑用じみたことしかやっていないが、まあ、それ自体は大切なことだ。

「その割には、かなり質素な暮らしぶりに見えました」

以上のような話をウルにしたところ、彼女は首を傾げて言った。俺は答える。

「俺の場合、稼ぎはほとんど圏外探索のために投資しちゃってるからさ」

余った分は親父の家の維持費に回して、それでも余ったら院に寄付することもあった。

結果、常に貧乏生活になってしまっているわけだ。圏外に出るにも金がかかるし、探索自体は基本的に赤字だ。貧乏暮らしになって当然ではある。

何か圏外で、高値で売れる旧界遺物を見つけたりできれば一発で大黒字もあり得るのだが。そうそう見つからないし、積極的に探してもいないため、まあ夢物語である。

「健全な青少年はもう少し欲求に素直なものと思っていましたが」

ウルはそんな風に語った。

俺は反論する。何も無欲というわけじゃない。

「圏外探索に有効そうな武器や道具は、値段も考えず買ってた時期があったよ」

「その割には、今は手放してしまったようですけど」

「まあ試し試しだったっていうか、しっくり来るのが少なくてさ」

救道院の関係者にはいろんな武器の使い手や、様々な魔術を扱う者が多くいた。

　大抵のものは片っ端から試したのだが、結局のところ、どれも人並み以上に身につける才能はなかったというのが正直なところだ。そういう意味では、むしろ浪費家だろう。

　魔術ではアミカに遠く及ばないし、剣技でも弓術でも格闘でも同じこと。

　救道院(きゅうどういん)の同世代には、どれも俺以上に才能ある使い手がいて、そういう彼らが結果的に予言の英雄として見初められたわけだ。それを思うと、今でもやっぱり悔しさはあった。

「魔女を倒し、世界を救う予言の英雄……ですか」

　小さく、呟(つぶや)くようにウルは言った。

　――俺たちは今、《開拓者の前線(パイオニア＝フロント)》の片隅に位置する細い裏通りに来ていた。

　通称を《よろず通り》というこの一角には、規模の小さな個人商店が数多く立ち並んでいる。おおむね、安価だが粗悪な品を扱うところばかりだが、掘り出し物も少なくない。

　この街が開かれたときの名残だという話だが、俺には慣れ親しんだ場所だ。あまり金のない圏外探索者が多いこの街では、一定の需要が存在し続けている。

　そんな通りをウルと並んで歩きながら、彼女の呟きに問いを返した。

「どうかしたのか？」

「いえ。特に何もないのですが」

「そうか？　ならいいけど……」

　ここに来たのは、再び圏外に出向くにあたって必要な準備のためだ。

　携帯食なんかはここじゃなくても構わないが、探索に便利な雑貨なんかは、この通りで目利きするほうが安く済む。貧乏なのだから、せめて買い物上手でなければなるまい。

「とりあえず貼付式癒術符（ヒーリングテープ）はなんとか揃（そろ）えられたかな。これなら行けそうだ」

「治癒の魔術が込められた術符（テープ）ですよね。貼るだけである程度の傷を治せるという」

「自分で作れる適性はないからね。買うしかない」

　俺の知り合いでは最も魔術の才能に優れるアミカでも自力では作れない。才能もそうだが、この手の道具作りにはどうしても相応の適性が必要なのだ。

　かつて人類が、ウルと会った塔で見つけたあの回復液を量産できるほどの文明を誇っていたことを思えば、現代の技術レベルがいかに低下したかわかるというものである。

「この程度の装備で圏外に挑んでいたとは……」

　俺が購入した術符を見て、ウルは目を細めて言った。

「な、なんだよ……」

「ほとんど気休めじゃないですか、こんなの。大した魔力は込められていません」

「んなこと言ったって、いいヤツは高くて手が出ないんだ、仕方ないだろ。どうせ予言のために圏外には行かなきゃいけないわけだし」

「……まあ私がついて守ればいい話ではありますが」

「はは……頼りにしてるよ、ウル」

そんな会話をしながら路地を折れて進む。そのときだ。

「うわあっ!?」

「っ……!?」

俺は咄嗟に、曲がり角の向こうから駆けてきた人影を受け止めた。

正確にはぶつかってきた、が正しいだろう。小さく、そして柔らかな感触がした。

「あ痛っ……とと、ごめんなさい急いでてっ!」

飛び出してきた人影が言う。

俺の胸にぶつけた鼻を押さえながら顔を上げたその少女は、直後に続けて。

「ってレリンじゃん!? こりゃ奇遇だね!」

青みがかった短髪が目の前で揺れた。

月夜を思わせる紺の瞳が、俺の顔を見上げるように覗き込んでいる。

「……、アイズか。気をつけろよ」

「あはは、ごめんごめん! でもぶつかったのがレリンでよかったよ!」

「どういう意味だよ……」

「知らない人よりは、友達に迷惑かけるほうがいいでしょ?」

でしょ、と言われても、その友達としては頷きがたいのだが、なぜか反論もしがたい。

それをさせない不思議な魅力のようなものを、彼女は確かに持っている。

彼女はその名前を、アイズ＝ミュナートといった。

同じ院で暮らす同い年の少女で、——今は《予言の英雄》のひとりである。

「あれ、てか久し振りだね？　いっつも顔合わせてたから、なんか新鮮な感じするよ」

快活にアイズは笑う。

俺に対する態度が何も変わっていないことが、自分の小ささを感じさせた。

「……だな。お前が教都に行って以来だ」

「て言っても何日か前には帰ってきてたんだけどねー。レリンは元気だった？」

「ん、……まあ普通にな」

「あはは。ならよし！」

人懐こい笑みで、距離感が近いのに不思議と不快感がないのがアイズの特徴だ。

未だ複雑な想いをぬぐい切れない俺としては、会いたくない顔のひとつではあったが、その中でいちばんマシなのが誰かと言えば彼女だろう。

感情を素直に顔に出す、裏表のない性格だ。意地を張ろうとする気を失くさせる親しみやすさが、彼女の魅力なのだと思う。

そんなアイズはひとしきり笑ったあと、俺の後ろにいるウルの姿に気づいて、ふと。

「あ、デート？」

「……だとしたらこんなとこ来ない」

「そうかな？　まあいいけど……アミカ怒んない？」

「そっちはもう手遅れだ」

「わっはは。さすがはレリンだ」

どういう意味だ。

突っ込むのも馬鹿らしいので、俺は首を振って流す。ついでにこっそり話題を変えた。

ウルのことは説明するのが難しいので、深く追及されるのは避けたかった。

「そういうお前はどうしたんだよ、そんなに急いで」

これでアイズは意外と常識人だし、周りをよく見ている少女だ。

理由なく路地を走ったりしないだろうと訊ねると、彼女は少し困った顔で。

「やー、実はカイと、あとお嬢様といっしょに来てたんだけどさ。はぐれちゃって」

「お嬢様……？　って誰だ？　カイはともかく」

カイというのは、アイズやアミカと同じ予言の英雄に選ばれた友人のひとりの名だ。

けれど、お嬢様というのは知らない。そう思って訊ねると、アイズは笑って。

「教都からいっしょに来た聖女様のことだよ。わたしたちの仲間のさ」

「……ああ。こっちに来てるんだったか」

彼女の言う《仲間》に自分が入っていないことを、今さら自覚させられつつ、なるほどと頷く。

　五人の予言の英雄のうち、四人までがこの街――ネガレシオ救道院から選ばれている。

　そして最後のひとりが噂の教会の聖女様だということらしいが、どうやら教都からこの街までやって来ているらしい。

　人懐こいアイズのことだ。さっそく遊びに連れ出した、といった辺りだろう。

「やー、参ったよ本当。さすがに聖女様とはぐれましたなんて怒られちゃうからねっ」

「俺も探そうか？」

　そう訊ねてみると、アイズは首を横に振って。

「いいよいいよ。レリンも用あんでしょ？　こっちは大丈夫だから」

「そっか。……わかった」

「ありがとね。んじゃわたしまた探しに行くから。またねっ！」

「…………」

　忙しく、今度は走らず路地の向こうへ消えていくアイズを、俺は見送った。

　そしてしばらく、無言になる。

　――理解してはいるのだ。

　アイズは俺を気遣ってくれただけであり、決してお前には関係ないと切って捨てられたわけではない。俺が勝手に隔意を感じているだけだと、頭では理解できている。

　わかっている――わかっているんだ、そんなこと。

この程度のことでいちいち落ち込んでいる暇などない。

今の俺には、やるべきことがあるのだから。

「レリン」

一分ほど押し黙っていただろうか。やがて控えめに、ウルが俺の名を呼んだ。

それに、小さくひとつ、俺は頷（うなず）きを返した。

「ああ。これだな？」

「ええ。――未来を覆す時間です」

その言葉と同時、――ウルがその右手を跳ね上げた。

掌（てのひら）を、横合いに並び立つ建物のひとつ、その上階部分へ掲げるように向ける。

――この《開拓者の前線（パイオニア＝フロント）》の街は、その全域が、ほんの少し前までは人類文明圏外域、すなわちロストガーデンと呼ばれる領域に属していた経緯を持つ。

ゆえに人の集まる中心部はともかく、街外れには圏外域の風景がそのまま残されていることも多かった。背の高い廃墟（はいきょ）めいた建物群（ビル）が、大きな特徴と言えるだろう。

かつての超度文明の名残であり、それをそのまま再利用している場所もあるが、中には廃墟として打ち捨てられたままのところもあった。街外れでは特に多い。

　そのまま使うには朽ちすぎているが、かといってかつて築かれた文明の遺跡を壊して、別の建物を建てるのは惜しい。結果的に何も手出しできず、ただそのまま放置される。

そんな、今の人類のどうしようもない未練のカタチが反映されていると言えた。

――隠れる場所には困らない、ということだ。

「量子転送（ダウンロード）」

ウルが呪文を呟（つぶや）くと同時、どこからともなく球体が現れる。この光景そのものは魔術の行使と似ている一方、呼び出されるものはどこまでも機械的な物体。

空間を歪（ゆが）めて存在を引き出されたのは機械球（スフィア）。鋼鉄の球の周囲を金の輪が囲んでいる。

その球体の片半分が四つに口を開いて、そこに白い光が集っていく――あの塔でも見たウルが持つ何かの武器だったが、あのときとは少し様子が異なっていた。そして、

「刺突（ペネトレイト）」

再びウルが唱えると同時、割れた球体が白光の刃（やいば）を形成して飛ぶ。

建物三階の窓を貫いた球の刃は、そのまま空中を泳いでウルの手元まで戻ってくる。

その直前、ウルが貫いた窓から人影が落下してきた。

全身を顔まで黒尽（くろず）くめの装束で隠した謎の人影。――襲撃者。

その評価が正しいことを示すかのように、黒尽くめは通りに落下しながらも、凄（すさ）まじい身のこなしで受け身を取って立ち上がり、それと同時に素早く右手を横に振るった。

短刀の投擲（とうてき）――隠し持った暗器による一撃を、ウルは軽く素手で払う。

「こんな刃が私に刺さるとでも？」

見た目からは想像もつかないが、ウルは人間ではなく機械であり、その体は鋼鉄めいた硬度を持っている。仮に正面から受けたところで、おそらく傷ひとつつかない。

ただ黒尽くめの襲撃者も、華奢（きゃしゃ）な少女にナイフを止められたことなど意にも介す様子はない。そのまま身を翻して走り出そうとする寸前――、

「――させません」

ウルの放つ球刃が、襲撃者の逃走を阻止するように地面を突き刺す。

「――――」

機先を制された襲撃者は、全身を隠す黒尽くめのローブの中に、すっと手を入れた。何か武器を取り出そうとしているのだろうが、すぐには出さずにこちらの様子を窺（うかが）っている。即座に離脱しようとした判断力を見ても、かなりの手練（てだ）れなのは間違いない。

しかも俺たち圏外探索者の鍛え方とは違う。

機械ではなく、あくまでも人間を相手取ることを想定した動き。――暗殺者の体捌（たいさば）き。

「本当に、いやがった……！」

地面に下り立った謎の人影を見て、俺はそう言葉にせずにはいられなかった。

――寮の片づけが終わったあと、予言書に更新があったのだ。

ここへ来た最大の理由は、それを達成するため。

教会の予言とは違う、俺だけの――守るのではなく、破るためにある予言書の記述。

そこには、こんな記述が発生していた。

『よろず通りにて襲撃者を撃退し、アイズ＝ミュナートを護れ』

その予言通り、確かにアイズは狙われていたのだ。

あらかじめ知っていたとはいえ、実際に目にするとやはり俺は困惑してしまう。

未来のことがわかっているからではない。

「なんで、だ……なんで、こいつはアイズを襲おうと……」

アイズ＝ミュナートは予言の英雄だ。

人類が永らえるためには、絶対に欠かせない存在だということである。

――それが、なぜ人間に狙われているというのだろうか。

「行ってください、――レリン」

小さく、ウルが言った。

その声には、ほんのわずかな苛立ちを感じる。

「思ったより厄介な手合いでしたね。今の一瞬だけで悟られました」

「……悟られた、って？」

なんのことかと問い返すと、ウルは一瞬の間を空けて。

それから言った。

「私が人間を傷つけられないという事実が、です」

「な……!?　き、聞いてないけど!?」

「すみません。ですが事実、私は人間を攻撃できない。少なくとも殺す気がないことを、さきほどのやり取りだけで悟られました。足を止めたのはそれが理由でしょう」

俺のことは初対面でぶん殴ってきた気がするが。

なんて、そんなことを考えている場合じゃない。

「……仲間がいるのか？」

「いないと断じる理由がありません」

その通りだった。

暗殺は一度失敗すれば二度目の難易度が跳ね上がる。当然、警戒されるからだ。

相手も万全を期すなら、複数で動いていると考えるのが妥当だろう。実際、標的であるはずのアイズは、少し前にここを離れている。奴は残って俺たちを監視していたわけだ。

「………………」

せめて予言で襲撃者の人数くらいわかればよかったのだが。

ウルに記されている予言は、ひとつひとつの情報量がかなり薄い。それに情報を読める権限自体は俺にあり、ウルもその詳しい内容についてはほぼ知らないということだ。

情報量が少ないのは、おそらく《ブレない未来》だけに絞って書かれているから。

まあ、下手な予言で予断を生むよりはマシなのだろう。

ここに至って、今さらこれが未来の記述であることは疑っていない。

「わかった。ここは任せるぞ、ウル」

そう告げて、俺はアイズが走っていった方向に目を向ける。

ウルの答えは早かった。

「ええ。貴方(あなた)の敵を逃す私ではありませんよ、レリン。——お気をつけて」

その言葉を最後に、俺は地面を蹴って走り出す。

意識は、もう前方にしか向けない。

ウルがいる以上、襲撃者の攻撃がこちらに向く可能性がないことを知っているからだ。

——ゆえに背後からかけられたものは、攻撃ではなくウルの言葉で。

「気づかれてはいけませんよ！」

予言の未来を可能な限り揺らがせないためには、全てを秘密裏に進める必要がある。

思えば、ウルが派手な光線(ビーム)ではなく光刃(ブレード)を武器に選んだのもそのためだろう。

ここまでお膳立てしてもらったのだ、失敗などできるはずがない。

そう決意して、俺は通りへと駆けていった。

足を速めながら考える。果たしてアイズはどちらへ向かったのだろう。

こういう突発的な事態に予言書では対処できない。ならば頭で考える必要があった。

「アイズは、カイと聖女を探してるって言ってたよな……」

人探しなら当然、人が多いほうへ向かうはず。

少なくとも俺の知るアイズなら、慌てていても冷静な判断をする。

ならばと俺は《よろず通り》の真ん中をそのまま街の中心方向へ向かって走る。隠れている襲撃者を探すよりは、アイズ当人を探すほうが早いはずだ。

人の少ない《よろず通り》を全速力で駆けると、俺はすぐに見知った人影を見つける。

向こうも俺に気づいて、驚いたように目を見開いていた。

「レリン？」

「カイか……！」

まさかアイズより先に、その探し人のほうに行き当たるとは。

そう考えるなら、こちらにはアイズは向かって来ていないのだろうか。

――頭の中でそんなことを考えていると、先んじてカイのほうが俺に訊(たず)ねてきた。

「奇遇だね。そういえばしばらく振りだったっけ」

どこか陰のある笑みで、細身の好青年は俺に声をかけた。

俺の知り合いの中で《美形》を挙げるなら、最初に思い浮かぶのは異性よりもこの男が先になる。カイ＝エクスティは、それくらい整った顔立ちの男だった。

ただ当人は、そんな容貌とは相反して非常に落ち着いた、ともすれば地味とすら言っていいような押しの弱い性格だ。疲れたような表情を浮かべていることが多く、覇気のない灰青の瞳と、わずかに色素の薄い茶髪が相まって、どこか枯れたような印象が強かった。

「どうかしたのかな？　急いだ様子だけど」

「あ、ああ……ええと、その」

流れで立ち止まってしまったが、説明のしようがない。というか言えない。

そもそも話している時間も惜しかった。こうしている間にも、アイズが追い詰められている可能性がある。未来を教わっているのに、こうも不自由だなんてどうかしていた。

「いや、ちょっと人を探してて。そういうカイは？」

——それでも、すぐにこの場を離れることを俺は選ばなかった。

闇雲に探し回るより、カイを通じて何かヒントを得たほうがいいと判断したのだ。

「ああ、ならそれも奇遇だったね。僕も人を探してるんだけど……、弱ったよ」

肩を落として、カイはそんな風に語る。

どうも、アイズとはぐれただけではなさそうな雰囲気だ。

「レリンは見なかったかな？　僕らと同い年くらいの女の子なんだけど。金髪に金眼(きんがん)で、目立つ見た目だから、どこかで見かけてれば目につくはずなんだ」

「いや、悪いけど覚えがない」

「そっか……となるとやっぱり姿を変えてるのかも。弱ったなあ、お腹が痛いよ」

言葉通りにお腹を押さえて、蒼い顔で冷や汗を流しているカイだった。

これでも剣士としては天才的で、今や英雄候補の一角なのだが……なんか大変そうだ。

「……聖女と来てるんだって？」

そう訊ねた俺に、カイは一瞬だけ目を見開いてから。

「そうか、アイズから聞いたんだね」

「さっき会ったんだ。アイズも急いでる様子だった」

「うん。この街を見て回りたいってことで、僕らで案内というか、まあ護衛代わりとして同行してたんだけど……」

「はぐれたってわけだ」

「はは……。はぐれたというか、うん。正確には撒かれたというか、ええと、思ったよりその、お転婆……じゃない、あー……活動的な、聖女様でね？　あははは……」

深く言及するのは、どうやら避けたほうがよさそうな雰囲気だった。

一応、同じ予言の英雄として立場は対等なはずだが、それでも相手は《たとえ英雄ではなくても偉い》聖女様なのだから、カイとしては気が気じゃないのだろう。

——教会は今の人類の実質的な支配機構だ。

中でも《聖女》は、その教会内においてさえ特権的な階級に位置する存在である。

「予言の英雄も大変だな……」

思わずそう呟いた俺。

ふと見るとカイは、そんな俺をぽかんとした表情で見つめていた。

「あ？　……カイ？」

「……え？　ああ、ごめん、ぼうっとしてたよ」

「まあ、なんでもないならいいけど……それより、どの辺りを探してるんだ？」

聖女様の失踪事件はともかく、カイとアイズが手分けして聖女を探しているなら、違う方向に向かうだろう。あるいは連絡手段を何か持っているかもしれない。

そう考えて話を進めようとした俺に、カイは首を傾げて。

「急いでるんじゃ？」

「あ、いや……俺が探してるのはアイズなんだ。さっきは話す間もなく行っちゃって」

「ああ、そういうこと」

「アイズがどっちに行ったかわかるか？」

「いや、ごめん。聖女様を見失ったとき、すぐ走ってっちゃって。なんなら僕はアイズといっしょに探してるというより、アイズもいっしょに探してるくらいだよ」

……参った。ヒントにならない。

これではただ時間を無駄に使っただけかもしれない。

やっぱり足で探そう——そう考えて踵(きびす)を返しかけたところで、ふとカイが続けて。
「でもアイズのことだし。探すなら、やっぱり高いところからじゃないかな？」

※

——結局のところ、アイズ＝ミュナートは最後までそれに気がつくことはなかった。

当然の話、ではあっただろう。

裏通りとはいえ街中で、日常の中で襲われることなど、誰だって普通は想定しない。

荒くれ者の多い《開拓者の前線(パイオニア＝フロント)》の街だが、それでも人類圏内では比較的、治安のいいほうだ。スリや物盗り(ものと)ならまだしも、暗殺者を警戒する者などいない。

それでも。

あるいは彼女ならば、自身に向けられたモノに気がつく可能性はあっただろう。

予言の英雄として選ばれるとはそういうことだ。

それは現代の人類における《才能の最高値》として認められたという意味なのだから。

ある特定の分野に対して、現代の人類に可能な到達点。少なくともそこに至る可能性があると認められたから、彼女は英雄候補として教会に祀(まつ)り上げられたのだ。

そして、祀り上げられた以上は彼女が到達点になる。

教会で洗礼を受けるとはそういう意味だ。その事実を当の本人すら知らないとしても。

——ゆえに彼女であれば、百メートルは離れた建物の屋上から向けられた銃口に気づくことも、いずれ不可能ではなくなる。それだけの可能性を、英雄候補は与えられている。

ただそれは未来の可能性であり、あくまでも現在の話ではなく。

銃口を向ける襲撃者は、ひとたび撃鉄を起こせば彼女を簡単に害せるという状況で。

「づ——おぉお、っらぁあッ!!」

突如として隣の建物から跳び込んできた青年に、その銃口を蹴り飛ばされた。

※

蹴り抜いた足が感じる反動は、何やら妙なものだった。

想像以上に重い。手に持っている銃なら弾き飛ばせるつもりだったが、襲撃者は銃から手を放すことなく、蹴り上げられた銃ごと自ら背後へ飛ぶように、屋上を後ろへと転がる。

そのまま滑るように受け身。蹴りの勢いを上手く殺されていた。

「——《障壁》——」

遠距離武器を持つ敵に距離を取られた俺は、反撃を予想してすぐに魔術を展開。

定めておいた呪文に反応して、目の前に魔力でできた円形の障壁を張る。

幸いかどうかわからないが、蹴り飛ばした襲撃者はこちらに銃口を向けたものの、すぐ発砲してくるということはなかった。

若干の、膠着(こうちゃく)状態。

その狙撃者は、さきほどの襲撃者と同じ黒尽(くろず)くめのローブで身元を隠している。

やはり襲撃者はもうひとりいたというわけだ。

……相手が狙撃銃を使うのなら、こちらとしては距離を詰めたいところ。

仮に中距離(ミドルレンジ)の撃ち合いになったとしても、俺が持つ《黒妖の猟犬(ブラックドッグ)》なら勝ちの目は薄くないだろう。問題は、俺の銃が本来は対機械生命(スカヴェンジャー)を想定した武装であるということ。

要するに威力が高すぎる。

最も総火力の低い第一術式(ファーストバレット)でも、人間が喰(く)らえば肉体の半分は消し炭だ。

相手の正体が不明である以上はできれば生け捕りが理想だったし、そうでなくとも撃つだけで稲光を発生させるこの銃は、あまりに目立ちすぎてしまう。

予言のブレを防ぐためにも、なるべく人知れず終わらせたいところだった。

「……なぜ、ここがわかった？」

相対する狙撃者から、そんな問いが発されたのはこのときだ。

重い声色、だが少し高くも聞こえる。女性の声、かもしれないと思った。

なんのことはない。俺はカイの言葉で思いついただけだ。

俺の友人——そして予言の英雄であるアイズ＝ミュナートは優秀な狙撃兵である。

特に弓の扱いに長けており、その遠距離戦闘能力は、武器が弓でありながら銃を持った俺よりも高い。遠距離戦闘技能 救道院一位——それが彼女の才能である。

当然、その視力も非常に優れている。

なら彼女はきっと、ヒトを探すなら高い場所から眼で探すはず。

逆を言えば、アイズを狙う者もまた、同じように高所に行く可能性は高い。

結果的に彼女はあくまで通りを走り回っていたが、それでも彼女を狙う者のほうは首尾よく見つけることができた。これは単に、それだけの話である。

ただ、そのことを素直に語る必要はない。

会話に乗ってくれるのなら、そこから情報が引き出せる可能性を思えば悪くない——と簡単に考えるほど、さすがに俺も甘い思考を持ってはいないつもりだが。

腰のホルスターから、無言で《黒妖の猟犬》を抜き放つ。

——同時、眼球にわずかな痛みが走った。

手に持った《黒妖の猟犬》が、俺の眼に自動で疑似回路を結んだ証だ。イメージが作る照準が視覚情報として狙撃者にターゲットするのに構わず、俺は引鉄を引いた。

ただし、眼下に向けて。

電速の弾丸が、雷撃として《よろず通り》に着弾するのを、視覚補助上で確認する。

「っ……!?」

明後日の方向へ放たれた銃撃に、目の前の狙撃者がわずかに息を呑んだ。

そこで初めて俺は、目の前の敵に向けて声をかける。

「これで人が集まってくる。少なくとも、アイズとカイは合流できる」

「……お前」

「襲撃はもう失敗だぜ。仲間が何人いるか知らないけどな」

これはカイと会ったときにふと思いついた、予言書の記述を逆利用した回避手段。

予言書は俺に、アイズが襲われると教えてくれた。

一方、それ以外には指示がなかった、と言うこともできる。

不親切でわかりにくい予言だが、同時に俺は気がついた。

これは逆に言うなら、同じ立場にいて同行しているはずのカイや、はぐれたという聖女様とやらは守る必要がない——ふたりの無事は予言されているという意味でもあると。

予言とは、されていないということも含めて情報だ。

ならば答えは単純である。

無事であるとわかっているカイをアイズと合流させてしまえば、危険性は一気に減る。

通りへ《黒妖の猟犬》をブッ放したのはそれが理由だった。

無論、絶対ではない。俺は予言がどこまで正確なのかを知り得ないのだから。

そもそも未来を変えるために予言を受けている俺の行動がどう影響するかも不明だし、この状況でもカイだけが生き残ってアイズが死ぬ可能性がゼロになるわけじゃない。

それでも、襲撃者の数がふたりだけとは限らない以上、これが最善のはずだ。

ウルと俺でひとりずつ押さえるしかない今、三人目以降が存在するとしたらカイたちにがんばってもらうしかない。英雄である彼らなら、それくらいは容易いことだろう。

彼らは全員、俺なんかよりよほど才能に恵まれているのだから。

「失敗、か……この様子ではそのようだな」

と、俺が告げた言葉を受けて、黒尽くめの狙撃者は小さく息をつくようにそう零した。

意外な言葉だ。

いや、それを言うなら、そもそも喋るとも考えていなかった。実際、ウルが戦っているほうの黒尽くめは終始、無言を貫いていた。こちらの狙撃者にはその気負いがない。

「とはいえ、当初の目的以上の収穫はどうやらあったようだ」

軽く肩を竦めるように、狙撃者は笑う。

黒いローブの端から見える、銀色の筒のような銃身が動きに合わせて揺れた。

そして、続けて狙撃者は言った。

「レリン＝クリフィスだな？　開拓の英雄の息子、だったか」

「何……？」

「そう驚くなよ。英雄候補……いや、その候補の候補になり得る存在は当然、調べ上げているさ。小器用であらゆる技術に長(た)ける反面、突出した才を持たないため、選ばれる可能性は低いと報告されていた。そういう奴(やつ)は、なにせあの教会の好みとは外れている」

「……っ」

「気に障ったか。……そうか。英雄になりたかったんだな、お前は。でなければこうして横槍(よこやり)を入れてくる理由もないだろう。だが、そんなことをしても英雄にはなれないぞ？」

「――うるせえな、ぺらぺらと」

知らず、強い口調になってしまったことに、内心で舌打ちする。

吐いた言葉は呑(の)み込(こ)めないが、それでも息はできる。すぐに落ち着くよう自制した。

今の言葉は挑発だ。失敗を認めるのなら、こいつがこれから取るべき行動は撤退の一択しかあり得ない。そのために邪魔な俺を、どうにかして突破しなければならない。

「友達を襲われたんだ。助けに入って何が悪い」

「悪くはない。だが助けられた側はお前を友達だと思ってるのか？　選ばれもしなかった奴に助けられるほど英雄は弱くないだろう。なにせ、人類を救う存在だ」

「……安い挑発だな」

「気に障ったのなら謝るよ。何、教会に選ばれてしまうより、お前はよほど幸運だ」

「…………」

「ただ解せないな。本当に偶然か？　お前は私の正体を知らないようだが、その割に私が、ここにいること自体に対する疑問を感じない。こういう違和感は、拾っておく主義でね」

すっと、銃口が俺に向けられた。

「何を知っている？」

俺は問いに首を振る。

答えることなど何もないし、訊きたいのはむしろこちらだった。

「……それを、お前に答える必要があるか？」

「いい答えだ。――英雄らしくて反吐が出る」

瞬間。戦いの撃鉄は、互いが同時に起こしていた。

さきほど張った障壁を挟んで真反対。撃ち出された弾丸は表裏から障壁を貫いた。

障壁が破壊され、激しい音と火花が広がる。

「へえ……？」

自分で作った障壁を自分で撃ち抜き、それで結果的に銃撃を防ぐ俺を見て、黒尽くめの狙撃手はどこか感心したような息を零す。……舐められているのか、なんなのか。

いずれにせよ、敵が持つ砲の威力は一重障壁なら容易に貫通してくる。

現代の技術で作られた武装ではなく、旧界遺物の類いだと見て間違いなさそうだ。

魔力による障壁はその薄い見た目より強固で、たとえ一重展開でも現代の武装程度ではそう簡単に貫けない。魔術か科学か、何かしら上回るだけの反則がそこにはある。

それくらいは俺だって想定していた。障壁は攻撃を防ぐためのものではなく、貫けると思えば障壁越しに狙ってくる――そういう思考にさせ、攻撃位置を誘導するためのもの。

「ただの探索者志望かと思えば、思ったより対人慣れしてるな」

「この街に住んでる奴が、喧嘩慣れしてないと思うほうがどうかしてんな！」

「よく言う。――喧嘩慣れってレベルかよ」

二発目は放たせない。それを防ぐため一気に距離を詰めると、こめかみ目がけて銃身を振るう。相手は頭を引いて軽く躱すと、返礼とばかりに銃身を横薙ぎに振るってくる。

――ほんの一瞬、深いフードに秘められた眼が、見えたような気がした。

「つ……っ」

咄嗟にバックステップしてそれを回避した。

急激な反転に筋肉が軋むが、それを無視して相手を見つめる――やはり妙だ。

巨大な狙撃銃を持っているにしては身のこなしが軽すぎる。いや、そもそも狙撃銃なら全体をローブの中に隠していること自体が不自然だ。ほとんど銃口しか見えていない。

まるで銃を持っているというより、右腕自体が銃身であるかのような――。

「《領域を荒らす者に》――、」

「……っ!?」

思考が、わずかに別のところへ向けられた刹那を突かれた。そう感じた。

「――《鋼の顎を》」

もちろん偶然かもしれない。ただ、それが呪文の詠唱であることだけは即座に悟った。

いずれにせよ、黒尽くめの目線はほんの少しだけ上のほうに向けられていて。

「く、お……おぉっ!!」

それでも、俺はほとんど反射的に身を翻すと、そのまま真後ろに向けて跳んでいた。

――その瞬間、さきほどまで俺が立っていた場所が爆発した。

ゴロゴロ転がりながら距離と受け身を取る。ほとんど一瞬のうちに、屋上の端まで追いやられてしまっていた。今のは、足元を狙った爆破の魔術……と言ったところか。

慌てて体勢を立て直す俺。その視線の先から再び声がする。

「これは驚いた。視線と詠唱、二重のフェイクは初見じゃ大抵の奴が引っかかるんだが」

「……魔術師なのかよ。しかも、ずいぶんと性格の悪い詠唱しやがる」

魔術は、唱える者が元の詠唱を独自のコードに作り替えることで、利便性を増すことができる。ただ、だからといって元の意味からかけ離れた詠唱には作り替えられない。

足元を爆破する魔術であるのなら当然、元の詠唱もそれらしい意味のものだったはず。

それを、空の星が云々というような詠唱へと書き換えられる――これは技術や魔術的な才能と言うよりも、その理屈を自分の中で通せるという人格としての特性だ。

どうやら想像以上に厄介な奴を敵に回しているらしい。意地が悪そうだという意味で。

「君、想像以上に面白いな。いったいどうして躱（かわ）せたんだ？」

現に、追撃や逃走よりこちらを探るような問いを、この敵は優先してきている。

わずかに劣勢であることを、俺は頭の片隅で認めざるを得なかった。

「こっちの視線は意識していたし、何より回避が直前すぎる。なら魔力の気配に敏感ってわけじゃない。にもかかわらず、君の眼（め）は一瞬、避けるより早く下に向いた……何か視覚補助系の魔術か旧界遺物を使ってるのは間違いなさそうだが、それだけじゃないね」

「…………」

「咄嗟（とっさ）の事態で疑いなく直感に身を委ねたんだ。思考や観察よりそれを優先した。いや、無意識下でそれを算出している。――人よりかなり長い時間を、圏外で過ごした思考だ。だけど誰もがそうなるってわけじゃない。……なんだか、どうにも歪（いびつ）に感じるなあ」

「……分析のつもりかよ？」

「もともと、それが目的で来ているからね」

その言葉に目を細める。

俺が発言を拾ったのを確認して、目の前の黒尽くめが薄く笑った、ような気がした。

真実なのか、それともブラフか。少なくとも、意味もなく言ったわけじゃないらしい。

俺は再び、手に持つ《黒妖の猟犬（ブラックドッグ）》の銃口を前方に向ける。と、

「――やめておきなよ。こちらも、今回はもう帰ることにするからさ。手打ちといこう」

「何……？」

勝手と言えば勝手すぎる一方的な言い分。

当然、帰ると告げられても、どうぞと認められるはずがない。

「ざけんな。このまま逃がせるわけ――」

「――いいや、君は私を絶対に逃がすね」

こちらの言葉を遮るように、そんなことを断言される。

何を言っているのか。逃げるならともかく、逃がすとはどういう意味だろう。

「バカ言え。このまま みすみす、逃がしたりするわけないだろ」

「違うというなら撃ってみるといい。その銃を、こちらに向けてね」

「――何……？」

「断言する。君は撃てない。絶対にね。――だって君、」

その直後だった。

そいつは床を踏み抜くように蹴り、一気に距離を詰めてくる。

あまりにも無防備すぎる突進。敵の銃口はこちらへは向けられておらず、むしろ背後を向いている。どう考えたって、奴が俺に届くより、こちらが撃つほうが先になる。

何を考えているのか。意味がわからず、ほんの一瞬、俺は硬直する。

その刹那に、こちらへ駆けてくる黒尽くめのフードが、向かい風で外れるのが見えた。

顔が、露わにされる——。

年の頃は、俺ともそう大差ないだろう少女の顔。くすんだ金髪が風に揺らぐ。

少女の瞳はまっすぐ俺に向けられていて、その口許が、わずかに歪んで言葉を紡いだ。


「——ヒト、殺せないだろ」


交錯の、その本当にわずか直前。

確かにそう聞こえたのは、時間を考えれば錯覚のはずだった。

いずれにせよ、起きたことは単純な事実。

俺は確かに引鉄を引き、けれど雷速のはずの弾丸は少女が振るった銃に弾かれる。

否、——吸い込まれていく。

躱されたのでも、防がれたのでもなく、吸収されているのだ。撃ち出されたエネルギーそれ自体が、まるで風にでも流されるかのように一点へと収束していくのが目に見えた。

それでも吸収できないだけの量があったのか、雷光が暴れて空気が震える。

——それで、少女が纏うローブが右腕から焼け焦げた。

「な……っ」

「……見たね？」

そのとき俺の銃口は、目前に迫った少女の額を確かに捉えていた。ほんの小さく人差し指を引き絞れば、それだけで彼女の命を奪える、外すはずのない至近距離。

だが同時に彼女の銃口もまた、俺の喉元に向けられている。その筒の先から見えるのはバチバチと震えを帯びる青白い雷の刃——銃口に吸収された雷が剣になっていた。

だが喉元に突きつけられた雷刃より目を惹くのは、溢れた雷撃が焦がした黒いローブの下に隠されていた、少女の半身であった。

——胸元から右腕にかけてが機械によってできている。

機械の肉体。確かに人間であるはずなのに、その肉体が機械に侵食されているのだ。

彼女の右手には何かを握る指なんてものがそもそも存在していない。右腕が銃になっている、という表現が最も適切であり、そうであること自体があまりに異常だった。

「なん、だ……その、体は……!?」

こんなものは見たことがない。

機械そのものであるウルよりもなぜか異様だ。彼女は確かに人間で、その生体が冷たく硬い無機質な鋼鉄に汚染されていることが、やけに恐ろしく感じられてならなかった。

問いに続く言葉がなく、俺は絶句して何も言えない。

そして、そんな俺を見て、彼女が何かを言いかけた瞬間——、

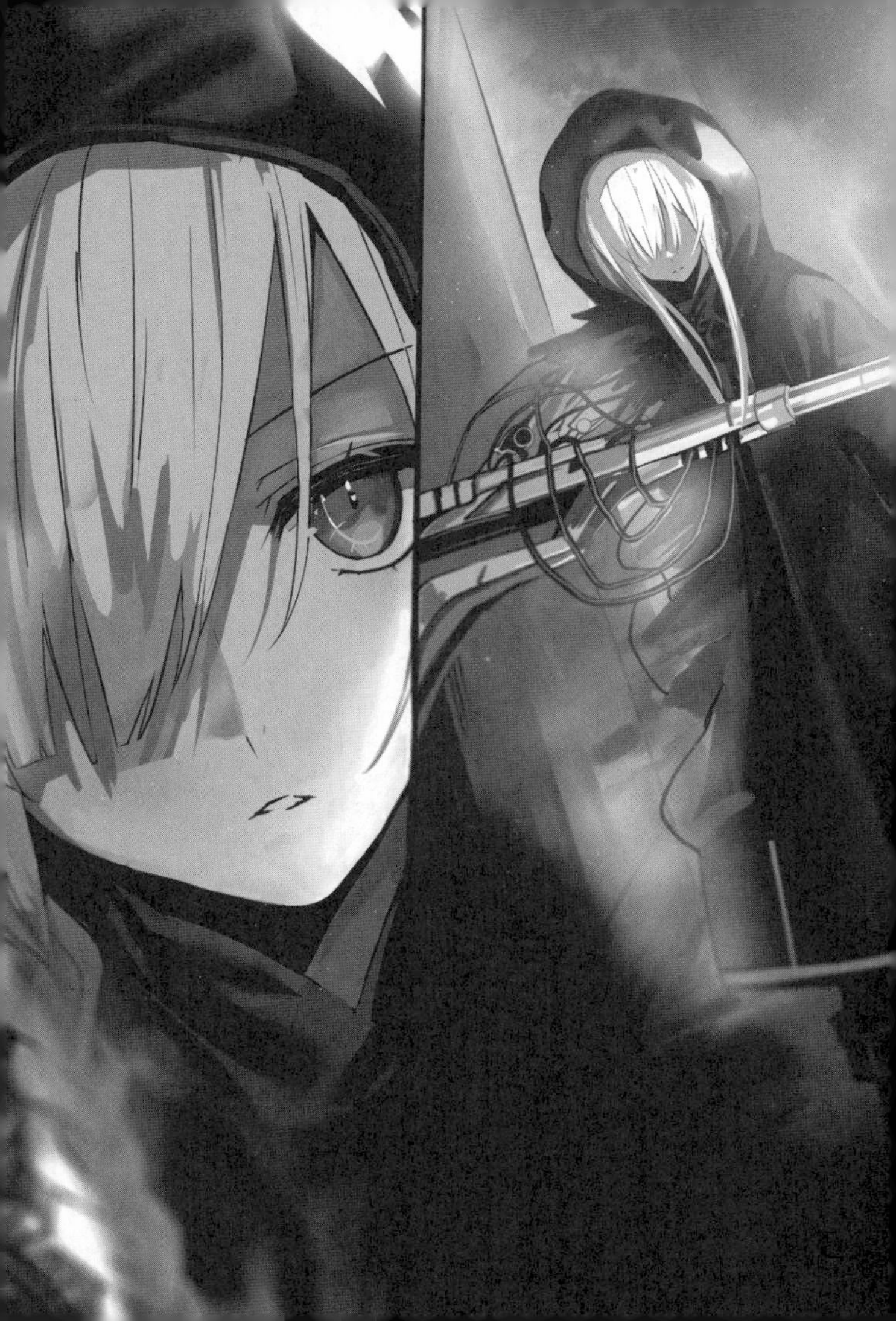

「逃げんぞ!!」

いくつかのことが連続して同時に発生した。

まず目に見えたのは、金属の球体――ウルの操るそれが刃を形成して飛来する瞬間。

目の前の少女はそれから逃れるように身を屈めると、その低い体勢から跳ね返るように床を蹴って、屋上の端を越えて空中へ身を投げた。

すぐに覗き込むと、落下する少女を抱き留める別の黒尽くめの影が見える。

そいつは空中で少女を腕に捉えると、そのまま異常な、人間とは思えない脚力で一気に通りを駆け抜け、逃げ去っていく。逃げると叫んだのはこいつだったようだが……。

「なんだ、あの速さ……!?」

「――レリン、無事ですかっ!?」

驚きに目を瞠る俺。すると背後から、いつの間に現れたのか、ウルが声をかけてきた。

「あ、ああ……ウルも無事か」

「当然です。むしろレリンのほうこそ危なかったのでは？」

「いや……いや、どうかな。わかんないけど」

「……逃しましたね。あの速度、逃げに徹されては追いつけないでしょう」

すっと目を細めて、ウルはふたりが逃げ去っていった方角を見る。

妙に、色のない透明な瞳だった。感情を押し殺しているかのようで意図が窺えない眼。

「……ウル？」

名前を呼んでみると、ウルは報告でも求められたと勘違いしたのか。

「ええ。私が相対した者ですが、どうやら脚部に旧界遺物を装着している……いえ、脚部そのものが旧界遺物でできている人間のようでした。あの速度はそのためですね」

「あ、ああ。俺が戦った奴も、右腕が旧界遺物だった。そういうのもあるんだな……」

「……そうですね。かつてもその手の生体融合型の機械は存在していましたよ。もっともそのほとんどが、現代では持ち主ごと失われているでしょうが」

「そう……、なのか」

「レリンの銃も眼球に疑似神経回路を結ぶでしょう。それの拡張版みたいなものです」

そう言われればそうなのかもしれない。

ふう、と小さく息を俺はつく。

ともあれ言えることは、戦いが終わったという事実だけ。その結果が、よかったにしろ悪かったにしろ、生き残ったという現実だけで。

「さて、ひとまず人が集まってくる前に撤収を……レリン？」

「…………………」

負けた、と感じざるを得なかった。

何者だったのかもわからない。この戦いになんの意味があったのかさえ。ただそれらの事情を抜きにしても、俺はごく純粋にあの少女との闘争に敗北したのだと思う。

——ヒト、殺せないだろ。

そう告げられた。少なくともその覚悟が、俺にはあると思っていたのに、あのとき。

互いに銃口を——その先に込めるのが弾丸であれ雷刃であれ——向けあって。

あの構図に向こうから持ち込まれたこと自体が、もう敗北だった気がしてしまう。

だから俺は、英雄たり得ないということなのだろうか——。

「俺、……思ったより弱かったな」

気がつけば、そんな言葉が喉の奥から漏れていた。

全部、ウルがどうにかしたようなものだ。俺は自分の意味を示しきれなかった。

——だというのに。

「いいえ。貴方は強いですよ、レリン。これは貴方の勝利なのです」

ウルはそんなことを俺に言った。

思わず顔を上げた俺に、ウルは柔らかな、機械とは思えないほど優しい笑みを向けて。

「ほら、見てください下を。貴方の成果がそこにあります」

その言葉に、言われるがまま視線を下へ向ける。

すると通りの向こうに、カイとアイズが話している姿が目にできた。

「……ああ。そっか、守れたんだ」

　思わず再び零(こぼ)れた言葉に、ウルが小さく頷(うなず)いて。

「ええ。予言書に記述された死を覆したのは、ほかでもないレリンです。貴方は英雄には選ばれなかったかもしれない――けれど人知れずに英雄を護(まも)った。誇るべき、成果です」

　意味を、生み出すことができたのかもしれない。

　なら意味はあったのかもしれない。

「…………、ふう」

　と、俺はもう一度、今度は深く息をした。

　どこか弱気になってしまった。人間と戦うなんてことを想定していなかったから、つい心が折れ曲がりそうになっていたのだと思う。それは、きっとよくないことだ。

「あー……強くなりてえな」

　激しい戦闘に疲労した体をほぐしながら、俺はあえてそう言葉にした。

　隣に立つウルはふっと笑って、それから頷いて静かに返す。

「ではなりましょうか、手っ取り早く」

「え?」

「本格的に《課題》の達成を目指し始めるときです。第一分岐点を突破するために」

「第一、分岐点……」

　予言書に記されていた文言。繰り返すように呟(つぶや)いた俺に、ウルは頷いて。

「これまでの、未来の揺らぎをなるべく減らす行動とは異なる戦い。いいですかレリン、分岐点の課題には揺らぎがありません。とても、強固な運命に縛られている」

「……ええと」

「これまでの揺らぎを抑えるための指示とは異なり、分岐点の課題は達成しなければほぼ確実に悪い未来が現実化する、本当の意味で変えなければならない未来ということです」

言われて、俺は最初に予言書に記された記述を思い出す。

『第一分岐点：【課題】ウィルイーターの打倒
大方針――
一、剣を手に入れよ
二、集められる限りの旧界遺物を回収せよ
三、圏外域での活動をアミカ＝ネガレシオに悟らせるな
四、ウルを信じろ
――期限：新暦一〇二六年十月二十五日迄(まで)』

実際のところ、これらの記述の意味は今もなお、あまり判明していない。

今日のような指示と何か感覚も違う。ここには何か特別な意味があるのだろうか。

「要はウィルイーターってのを倒せって意味だよな、あれ。そのために必要なことが次に書いてある……で、あってるんだよな？」

「ええ」

「……そもそもウィルイーターってのはなんなんだ？　誰だ？　人名、じゃないよな？」

「わかりません。私も、基本的には予言書の記述以上の未来を知らないのです。もちろん多少の詳細情報は持っていますが、少なくともこれに関してはわかりません」

「そうなのか……いやそうだよな？」

「ただ見当はつきますよ。おそらく固有名を持つ強力な機械生命（スカヴェンジャー）の一機でしょう。そして倒せという指示がある以上、打倒できなければこちらに甚大な被害が与えられるかと」

「それは……ほぼ何もわからない、ってことなわけか」

もう少しこう具体的な予言はないものなのか。

教えすぎると未来が不確定になるという理屈もわかるが、せめて居場所なり弱点なり、それくらいは書いてあってもいいのに。

そんな感情が視線に乗ってしまったのか、むっとしたようにウルは唇を尖（とが）らせて。

「なんですか。そんな目で私を見られても困ります、レリン」

「あ、いや、別にウルを責める気はないんだけど」

「ならもう少し優しく慈愛に満ちた目で私を見るべきです。さあ、どうぞ」

「どんな目で!? そんなこと急に言われても!」

「練習です」

「うぇ!?」

ウルが唐突に、至近距離まで顔を近づけて俺の目を覗き込んでくる。

綺麗なウルの目が間近で揺れている。俺はもう、必死に目を逸らさざるを得なかった。

「……ばかな。私の計算では顔を背けられることなどあるわけが……、ばかな」

「いや、だって近いし……」

「私と近いと嫌だというのですか!?」

「そういう意味じゃない! けどとにかくいったん離れて!?」

「むぅ……。まあいいでしょう。とにかく、そう難しく考えることもありません。打倒が可能なだけの情報は記載されていると考えて大丈夫です。気楽にいきましょう」

不平そうな表情を引っ込めてウルはそう語った。

実際、なんだか気楽な様子ではある。そのことに目を細める俺に、彼女は指を立てて。

「言ったでしょう? 手っ取り早く強くなればいいんですよ」

「いや……、なれたら苦労しないって」

「それは逆です。苦労はしますが、なれるんですよ——そう、予言書があれば」

「………」

「そう、予言書があればね」

「なんで二回？」

自慢げなドヤ顔を見せるウルさんだった。

やけに自信満々のご様子。その意味を目で訊ねると、ウルは笑って。

「では、明日にでもさっそく参りましょうか。再び圏外域へ」

「……課題のため、ってわけだよな」

「その通り。始めるとしましょう——武器集めを」

それで本当に手っ取り早く強くなれるというのだろうか。

疑う俺だったが——そのとき、ふと視線を感じて弾かれたように背後へ振り向いた。

「レリン？」

「あ、いや。なんか視線を感じて」

「むむ、長話をしすぎましたね……。かなり人が集まってきてしまいました。早くここを去らないと余計な揺らぎを生みかねません。行きましょう、レリン」

「……ああ」

ウルの言葉に頷いて、俺はウルとともに人知れずその場を後にした。

——今の視線は、だいぶはっきりこちらを見ていた気がするな、と思いながら。

「……そういえば、どうして俺って圏外にいても汚染されないんだ？」

「む。どうしたんですか、レリン？　されないに越したことはないと思いますが」

ふと湧き出てきた問いを口にすると、ウルからはそんな返答があった。

確かに、それ自体には何も悪いことはないから、効率を考えるならウルの言う通りなのだが……理由がわからない、というのはやはり気になるものである。

「いや、だって自分の体のことだしな？　やっぱり妙な気分にはなるよ」

「はあ……そういうものですか。性能は優れているに越したことはないと思うのですが」

その辺りの機微はいまいちウルには伝わらないらしい。こういう反応は確かに機械的な感じがしなくもなかったが、それを言ってはウルも機嫌を損ねるだろう。

ここでウルに見捨てられたら俺は死ぬ。余計なことは口にするべきではない。

——あれからすぐに圏外に出て、六日ほどが経過していた。

圏外から六日も帰ってこない奴(やつ)は、普通なら死んだと判断される。この圏外域の大気における魔素(まそ)汚染は、現代人類の圏外探索を阻む大きな要因のひとつだろう。

逆に、機械生命(スカヴェンジャー)は魔素をエネルギー源としているのだから、極論それさえ浄化できれば人類はごく簡単に、この星を取り戻すことができるのかもしれない。

「あれ……そういえば《開拓者の前線（パイオニア＝フロント）》ってどうやって浄化されたんだ？」

あの街は、過去の文明を失った人類が歴史上、初めて取り戻した圏外領域である。

一定範囲の機械生命を全て排除し、地脈の流れを調整することで浄化が叶（かな）って初めて、その土地に結界作用（ドメインエフェクト）が発生し機械生命の侵入を拒むことができる……と、理屈の上でなら知っているのだが、具体的な手法となると、そういえば俺はほとんど知らなかった。

それを行ったのは自分の父親だというのに、だ。

「ウルなら知ってたり？」

「すみません。未来はともかく、私が起動するより過去のことはわかりません」

「あー……そういえば箱の中にいたんだもんな。言われてみればそうか。ウルって、あのとき初めて目が覚めたんだよな？」

「正確に言えば、旧文明時代に稼働していたことはありますが」

「……そういやウルって旧時代の生き証人みたいなものなのか……すごいな、それ……」

「ふふん、レリンは気がつくのが遅い。そこはマイナスと言わざるを得ませんが、しかし取り戻せないほどでもなく。賛辞の言葉なら受けつけますよ、レリン？　さあどうぞ！」

相変わらず褒められたがりのウル。

それで喜んでくれるのなら、言葉を尽くしておくべきだろう。俺は言った。

「ウルの……えっと、よっ！　長生き！」

「……もしやレリンは他人を賛美する才能が著しく欠如しているのですか？」

「ごめんて……」

いまいち上手い表現が浮かばない俺であった。

ただ確かに俺は、ウルという存在が持つ歴史的な価値を、完全には理解できていないのかもしれない。それくらい、過去の記録というものはほとんどが失われているのだ。

辺りの景色を見渡す。

寂れた廃墟に、朽ちた建造物。それらを侵食する生命力豊かな植物類。数千年か数万年か、そんなかつてに忘れ去られてしまった、いつかの文明の——けれど朽ちきらぬ名残。

文明圏外域などという呼称はあくまで現代の視点で、今の人類圏よりこの場所のほうが遥かに高度な文明の痕跡を遺していた。ウルも、そのひとつに含まれている。

人類は緩やかに、その総数を減らし続けてきた。

近年では再び増加傾向を見せているものの、それも教会に予言される魔女の復活で全て無に帰してしまうだろう。今、この星を支配する霊長は、ほかでもない機械たちである。

予言の英雄だけが、その滅びに対抗できる希望なのだ——そう教わって生きてきた。

彼らが失敗するなどという未来だけは、なんとしてでも避けなくてはならない。

——それは、今を生きる人間に課された義務と言ってもいいはずだった。

「なんだったんだろうな、あの襲撃者たち……」

小さく、気づけばあの日からずっと抱き続けている疑問を、俺は言葉にしていた。

予言の英雄を襲う人間なんて、そんなもの定義からして破綻している。

そんな行為は自滅となんら変わりない愚行だ。

あるいは、それが彼らの望みだったとでも言うのか。

「済んだことを考えていても仕方ありませんよ、レリン」

ウルはそう言って首を振った。彼女も襲撃者たちの身元は知らないという。

「それより、そろそろ着きますよ。一応、警戒は怠らないでください」

「ん、……そうだね、わかった」

彼女の言葉に頷(うなず)いて気を取り直しておく。

この六日、戦闘らしい戦闘はほとんどなかった。ウルの索敵能力のお陰で、圏外を徘徊(はいかい)する機械生命(スカヴェンジャー)のほとんどを回避、ないし先制で打倒することができたのだ。

それでもここは圏外域だ。

彼女といるとなんだか忘れがちになってしまうが、本来なら生身の人間にとっては危険地帯を通り越して致命領域と言っていい。気を抜いていられる余裕などなかった。

「……大丈夫です。この先にも脅威になりそうな機械生命はいませんね」

そう呟(つぶや)くウルの手元に、例の機械の球体がひとつ浮かんでいる。

この武装は、ウルにとっては目の代わりにもなるらしく、彼女が持つ索敵能力の根幹はこの球体によって支えられていた。

なんでもこれがあくまで機械である以上、機械生命(スカヴェンジャー)たちは見ただけでは球体を脅威とは認識しないらしい。飛ばしまくっても平気なのは、その性質があるからだった。

「今更だけど、すごいよな、それ……いったいなんなんだ？」

そういえば聞いていなかったと思い出して、俺は訊(たず)ねてみる。と、

「私の専用武装、と言うのが最も近いでしょうか。全力なら十一を操れますよ」

「そんなに？　すごいな、機械相手なら無敵じゃん」

「……お褒めいただいたところ恐縮ですが、今の私では全力は出せません。最初のときは売り込みのために調子に乗って三つほど出しましたが……正直、アレ割と限界でした」

「あ、そうだったんだ……。それ、どこか悪いってこと？」

「……機体に不調があると言っては正確ではありませんが、機能の大半が封印状態であることは事実です。なんというかシステム上、避けられない制限なのですよ」

「どうにもならない、って？」

「そうですね、そうなります。まあ、たとえどうにかなったとしても、そもそも私の全力稼働に必要なエネルギー量を賄うこと自体が難しいので、結局は同じことでしょうが」

ウルには都合上どうしても全力を出せないという制限が課されており、また仮に制限が

なかったとしても、全力を出すために必要なエネルギーを確保できない、ということか。

まあ、あの球体は一個でも恐ろしく強力なため、それで困ることはなさそうだが。

「あ、じゃあこの前言ってた、人間を攻撃できないってのも制限のひとつ？」

「正確には《殺せない》と表現するほうが正解に近いですが、そうですね。これも厳密に言えば違うのですが、私自身に課せられた制限のひとつと見れば似たようなものです」

「そっか……」

「これでも機械生命ですから。結界作用の働く人類圏内に入るために、いろいろと自身を調整した結果だと思ってください。ま、私だからできることですけれどね！　ね！」

「すごいすごい」

「そうでしょうそうでしょう？　ふふふ、もっと褒めてくれてもいいのですよレリン！」

おだてられて上機嫌になるウルは、こう言ってはなんだがチョロかった。

……まあ、彼女が全力を出せないのは何も悪いことではないのかもしれない。

ウルも機械生命であることは変わらない。たぶん彼女には、その気になれば街ひとつを簡単に滅ぼせるくらいの機能がある。それくらいは、俺にだって察しがついていた。

けれど俺は、そんな能力を彼女に発揮してほしいとは思わない。

「便利でいいよね、その球。なんか出し入れ自由だし」

だから褒めるようにそう告げたのだが、ウルはわずかに目を細めて。

「……そういいものでもありませんよ」

褒められたがりの彼女にしては、想像と違う反応だ。武器はあくまで武器であり、彼女自身の性能ではないという理屈なのだろうか。俺は本格的に褒め下手なのかもしれない。

「もっとも、確かに出し入れが自在である利便性は優れていますね。旧界遺物の中でも、量子変換機能を持つモノはごく稀ですから、発見できればかなり使えるのですが……」

「ああ……見つけた中にはなかったね」

それがあれば、今みたいにリュックに詰めて持ち運ばなくても済んだのだが。

「では、ここに眠っているものがそれであることを祈ってみましょう」

「そうだね」

薄く微笑むウルから視線を切って、手元のタブレットに目を落とす。

現在、開かれているマップ上にはいくつかの光点が映し出されていた。予言と同期したこのタブレットの地図には、つまるところこれから行くべき地点が記されているのだ。

数こそ多くはないが、それらは近辺に遺された旧界遺物の在処を示している。

つまり、これらは現在において未発見の旧界遺物を予言しているわけだ。

さすがの俺も、その価値がわからないほどではない。というか、この街に生きる者で、それがわからないものなどひとりもいないだろう。

――あくまでも、現代において再現不可能でありながら、活用可能な技術の名残のみを旧界遺物と呼ぶ。

捉え方によってはその辺りにある廃墟ひとつを取っても遺物ではあるのだが、それらは再利用する方法がないし、あくまで建物という機能だけを見れば現代でも代替は可能だ。

何かすごそうなアイテムを見つけたが使い方がわからないので価値がない、なんて旧界遺物も多いことだし、それを思えば、全てが利用可能とわかっているだけでも凄まじい。

「ぶっちゃけこの地図を売り払うだけで、たぶん一生遊んで暮らせるよな……」

「そうしますか？」

「しないけどさ」

「まあ、それくらいなら見つけた遺物を売るほうが稼げるかと」

「そういう意味じゃないけど……あ、でも確かに、モノによっては売ったほうがいいかもしれないのか。最初に見つけたアレなんて、俺が持ってても仕方ない気がするし」

それはなんだか恐ろしい未来予想図な気がして、俺は思わずかぶりを振る。

あまり考えないほうがいいだろう。俺の目的はあくまで未来を変えることであり、この予言はどこまで行ってもそのためだけに使うべきだ。お金に溺れるのはよくない。

「いっそアミカにでも渡しちゃうか。あいつのほうが上手く使えそうだし」

「それ、どう手に入れたと言うつもりですか」

「え？　あ、そっか。圏外に出てることとバレちゃいけないんだっけ……じゃあダメか」

——ともあれ、これがウルの言っていた《手っ取り早く強くなる方法》の正体だった。

高性能な旧界遺物（チートアイテム）を集めまくって、武器の力で戦力強化（レベルアップ）。

確かに、今さら何かがんばって鍛えるよりも、強力な旧界遺物をひとつ入手するほうが戦力的にはよほど向上する。どこか釈然としない気もするが実際、効率的ではあった。

「……なんかズルしてる気になるんだよな、それでも。予言のお陰すぎて」

旧界遺物は、言ってみれば命懸けの圏外探索に対して与えられる成果（ごほうび）のひとつだ。基本的に《成果なし》で終わる圏外探索において、数少ない収穫と言っていい。

まず見つからない、見つかったとしても使えない、ないし使い方がわからない、が常である旧界遺物の——けれど俺は、予言であらかじめ場所を知っている。

英雄志望にしては狡（ずる）い真似（まね）だという気がして、正直に言えば気乗りしない手ではある。

一方、ウルのほうはそんなことは気にならないらしく。

「それを言い出したら、予言で英雄を選ぶこと自体おかしいという話になりますが」

「え？　あー……それもそうかもしれないけど」

改めて、未来の情報を知っていることの強さというものを実感する俺だった。

絶対に正しいとわかっている宝の地図を片手に、ウルという機械相手には無敵の味方がいる状態での圏外探索……英雄の冒険譚（ぼうけんたん）と称するには、あまりに反則じみていた。

とはいえ別に不満はない。

いくつかの旧界遺物を回収し、予言の正しさを実感すればするほど、同時に記述されていた絶望的な未来もまた正確なのだと嫌でも理解させられる。

それを回避するためならば、どんな手段だろうと迷っていられるはずがなかった。

「まあ、教会の予言なんてどこまで信用できたものかわかりはしませんが」

しれっとそんなことをウルは言う。俺は顔を顰めた。

「……そういうこと、圏外ではともかく人が聞いてるところで言わないでくれよ」

「む。レリンは教会が好きでしたか？」

「好きかどうかと訊かれると、そういう話じゃないって感じなんだが……」

「……？」

あまり理解していない様子のウルだったが、首を傾げられては俺が困ってしまう。

——教会。

単純にそう表現されることの多いこの組織は、現在の人類圏において実質的な支配権を握っていると言っていい。ただし、それを政治的に行使してくることはほぼなかった。

教会は宗教団体ではなく魔術の研究組織である。

所属する人間の大半が魔術師であり、神の名の下、現人類の保全と再発展を目的として活動している。結果として規模が膨れ上がり、強大な影響力こそ保有しているが、多くが学者肌の研究職ばかりで構成された、基本的には《引きこもりがたくさんいる組織》だ。

来る者は選考され去る者はいない――。

現代における知性の最前線たる巨大シンクタンク。

所属する者が魔術師だから結果的に戦力が高いだけの、閉じられた研究機関。

争いが規模を縮小した今、人間などという絶滅危惧種の中で覇権を得ても意味がないと言えばそうなのかもしれない。教会が、その力を政治的に振るった例は限られている。

ただし、それでも影響力が大きいことは事実だ。

その理由は、教会が神から託されたという予言――否、預言を発信する場所だからだ。

「教会に逆らう奴がいないのは、それに意味がないことをみんな知ってるからなんだよ」

なにせ彼らが《教える》のは歴史と異なる神話や心の拠りどころとなる信仰ではなく、純粋に証明された事実でしかないのだから。

神の実在を証明し、正しいということを前提とした組織。

その預言にさえ従っていれば、いずれ人類が必ずこの星の霊長に返り咲くという事実を彼らは教えているに――いや、その研究の成果を発表しているに過ぎない。

彼らは言った。もうすぐこの世界に魔女が復活すると。

そして、彼らはこうも言った。

それを再び打倒し、人類を護ることができるのは選ばれた英雄たちだけなのだと。

教会がそう言ったのなら、それは単なる事実に過ぎないのである。

「だから、選ばれなくちゃ意味がないと思ってたんだけどな……」

「レリン？」

小さく名を呼ぶウルに、なんでもないと首を振って俺は続ける。

「いや。それより話を戻すけど、基本的に今の人類がギリギリ生き残れてるのは、教会のお陰って部分が大きいからさ。今の人類圏自体、結界作用(ドメインエフェクト)を教会が解明したからなんとか成立してるらしいし。それを悪く言えば怒る奴だっているって話」

だからこそ、それが《信仰》にまで育っているわけだ。

教義がないのに信者だけいる、というのも妙な話かもしれないけれど。

「……ええ。その理屈は、もちろん私も理解しています」

端的に説明してみせた俺に対し、ウルもそれはわかっていると頷(うなず)きを返す。

ただその割には、やはりどこか不審……いや、不満げな表情だ。彼女はこう続ける。

「けれど結局、このままでは魔女は復活して人類は滅亡してしまうわけですが」

「……あ、あれ？　や、まあ確かに言われてみればそうだけど……ああ、まあ、そうか」

教会の言うことを聞いていれば平気なら、滅びの未来が来ること自体がおかしい。

ただまあ、それは結局、教会に逆らう奴らがいたからということなのだろう。あの謎の黒尽(くろず)くめどものような――ヒトでありながら、ヒトの絶滅を願うような逸脱者たちが。

「レリン、立ち話はこの辺りで。そろそろ中へ行きましょう」

正面の遺跡を見据えてウルは言った。

確かにその通り。安全が確保できているうちに行動するべきだった。

「わかった、行こう」

俺は頷(うなず)いて行動に移す。

——俺だって、実のところ自分を選ばなかった教会に思うところはあった。

けれどそれは、考えてはいけないことなのだ。

教会にせよ神にせよ、俺が聖痕を託すに相応(ふさわ)しいとは考えなかったのだから。

その事実は呑(の)み込まなければならない。

※

——その廃墟(はいきょ)は、どうやら古代の研究施設か何かのようだった。

俺たちが古代と言うとき、それは現代よりも遥(はる)かに進んだ文明であるという意味だ。

全体が見たこともない機械で埋め尽くされた一室。

電力は通っておらず稼働している機器こそないものの、劣化はほとんどない。これらは科学ではなく、魔術による保護だろうが……手が届かないという意味では変わりはない。

何かの数値を示す計器に、複雑に交錯する回路。動力さえ確保すればすぐにでも動かすことができるのだろうが、理解できない以上それらは纏めて廃墟の一部だ。

この土地が人類の文明圏から外れて最初に辿り着いた者が自分かどうかはわからない。だが仮に俺より早くこの場所へ到達した者がいたとしても、成果なしとして引き返してしまったであろうことは想像に難くなかった。

「こちらです」

おそらくは初めて訪れたであろう建物にもかかわらず、ウルは迷いなく奥へ進む。

手元のデバイスへ目を落とせば、地図が建物内の詳細表示に切り替わっていた。目的のものはこの先、階段を上って三階部分の一室に置かれているらしい。

俺が持つ予言書は、あくまでも俺にわかりやすくするための表示デバイスでしかなく、本当の意味で《予言書》としての機能を保持しているのはこのウルという少女なのだ。

俺という読み手がいて初めて機能するのも、彼女に与えられた制限なのだろうか。

「……ここはあまり長居できませんね」

小さく、ウルはそう言った。

「そうなの？」

「ええ。実際に来るまではわかりませんでしたが、大半の機器のオンライン接続が生きているみたいですから。近くにいる機械生命と回線が繋がると、少しばかり厄介です」

「……機械生命に俺たちの存在が察知されるってことか」

「ええ。レリンも機械生命同士の繋がりは知っているでしょう？　彼らは回線を共有する能力を持っています。人間でたとえれば、魔術による精神感応のようなものでしょうか」

「そうらしい、って話は有名だけどね。実際に機械生命本人に聞いたのは初めてだよ」

「機械生命の基本の能力ですよ。命があるというのは、要するに機械でありながら自らも また機械を操作する側に回れるということです。上位の機械生命は下位の機械を操れる」

——機械生命同士はなんらかのネットワーク的な結びつきで繋がっている。

圏外探索者のこれまでの活動で、その仮説はほぼ事実だろうとされていたが、それでも証明はされていなかった。というか、その発言だと。

「機械生命同士じゃなくて、その辺の機械とも繋がれるのか、連中は」

「同族なんですから当然です。私は回線を切っていますが、基本的に干渉できない機械はほぼないと思っていただいて大丈夫かと。ふふん、すごいでしょう？」

「……そう、だね」

「まあ例外がないとは言いませんが。私と同等かそれより上位の機械、ないし逆に原始的すぎる機械だと無理です。まあ後者はともかく、前者は存在しませんが」

——それは。

その気になれば、彼女は機械生命たちを操ることができるという意味なのだろうか。

言葉に出す必要のない仮説を呑み込んだ俺に、彼女は続けて。

「幸い、目的地の機器はスタンドアローンのようですね。どうもここは、そういう部屋が多いみたいです……魔術師の共同研究施設で、各研究者の個室が随所にある形かと」

「なるほど……共同で研究しつつ、個人の成果は盗まれないようにされてるって感じか」

「オンラインだとどうしても外部からのハッキングを防げませんからね。文明最盛期にはこの手の施設は多かったと記録されています」

「なんか、想像もできない話だな……」

――遥かな昔、まだこの施設が現役だった時代に思いを馳せてみる。多くの人間がこの場所で、まだ先の未来を想っていた時代……どうにも、上手くイメージできなかった。

今や持ち主のいなくなったこの場所で、遥かな未来に生まれた俺は、名も知らぬ誰かの研究成果を盗み出そうと侵入している。

圏外探索者など、そういう意味では遺品の盗賊に過ぎないのかもしれない。

そんな今の人類たちが、よりによって機械生命たちを屍肉漁りなどと呼んでいるのは、皮肉を通り越して自虐に近い気がしてきてしまった。

なんだか微妙な気分になりながら、ウルとふたりで研究所の奥へと進んでいく。

似たような部屋が並んでいる中、そのひとつが目的地だった。

「ここですね。この部屋に目的の遺物があります」

「……やっぱり見ただけじゃわからないな」

これまでに通った部屋と、特筆して違うところは見受けられなかった。

しいて言えば狭い。中央にあるメインの部屋が研究室で、その奥にバスルームや寝室の名残があることくらいはわかったが、逆を言えばそれくらいしかわからなかった。

周囲の機器はまだ生きており、壁や天井も破れてはいない。このくらいなら、なんなら親父(おやじ)の部屋よりもまだ暮らしやすいかもしれないほど。本当に劣化していない。

「その棚ですね。中に、何か見当たりませんか？」

「ええと……この箱かな？」

ウルの言葉に従って壁際の棚を開ける。

と、確かにその中にひとつ箱があるのを俺は見つけた。

小さな黒い箱だ。サイズは違うが、俺も同じものを持っているからすぐにわかった。

「家にあるのと……ウルが入ってたのと同じ箱だ。持ち主じゃないと開けられないな」

「ええ。──人間であればそうなります」

言うなりウルが、黒い箱にそっと手を触れた。

瞬間、反応するかのように箱の側面を蛍光色の光が走る。

ウルは何も言わない。だがその手が、箱に開けと命じていることは見てわかった。

「開きました。中を確認してみてください、レリン」

やがてあっさりとロックを突破したウルが、俺に振り返ってそう促す。

頷き、俺は箱に手を触れる。ぷしゅ、という音と同時に箱の上部が開かれた。側面から煙がわずかに漏れてきて、空気に溶けて消えていく。わずかにひんやりと冷気を感じた。

少し待ってから、俺は中を覗き込んでみる。と、

「これは……なんだこれ？　何かのチップみたいだけど……」

中に入っていたものは、ごく簡単に表現するなら《金属片》といったところか。

かなり小さい。せいぜい五ミリ四方ほどで、厚さに至っては一ミリもない。円い透明なケースと、それに敷かれた白いガーゼがなければ空だと勘違いしていたかもしれない。

それ以上の情報は特にない。銀色の、小さな金属の欠片……としか見えないのだ。

「……これ、何かわかる？」

首を傾げてウルに訊ねてみる。

ここに着くまでに集めてきた武器の類いと違い、この旧界遺物は見た目からでは用途が判然としなかった。厳重に仕舞われていなければ見向きすらしなかっただろう。

もしかしてモノを間違えたのではないかとすら俺は思っていた。地図に部屋は示されているが、さすがにそれ以上のことはわからない。知っているのはウルだけであり、

「これ……は」

「……ウル？」

その彼女が酷く驚いたような表情を見せていることが、なんだか不安に思えてくる。

宝石のような瞳が、俺の手元にある箱の中へと向けられている。そして彼女は、どこか不快感にも似た色を見せながら、呟くように言葉を零した。

「……そういうことですか。まったく、趣味が悪いというかなんというか……だから位情報だけで中身を残していなかったとでも言う気ですかね……」

「ウ、ウル？　どうかした？」

「ああいえ。すみません、レリン。貴方を責めるつもりではなかったのですが」

「…………」

言われてから、確かに今、どうしてかウルに責められている気がしたことを自覚する。まるで、何か隠しごとをしていたことを詰問されているかのような。

それも一瞬のこと。ウルはわずかにかぶりを振ると、気を取り直すように言った。

「これは……そうですね。ひと言で説明するのは難しいのですが、ごく簡単に説明するとすれば、細胞と表現するのが最も近しいかと」

「細胞？　え、生き物の……？」

「ええ。この場合、つまり機械生命の細胞ということになります。それも特別な」

――もっとも、あくまでも細胞とは比喩ですが。

ウルは付け加えるように言った。機械生命のパーツの一部、というような意味なのか。首を傾げる俺に、ウルは目を細めて告げる。

「機械生命は命を持っています。あるいは魂と言い換えてもいいですが」

「え、うん。それは、まあそうだろうけど」

「どうも正確には理解できていないかもしれませんね。いいですか、機械生命はあくまで生物なんです。意志を持った機械……意志を持つに至るまで進歩した機械、ではない」

「………」

「命を、その概念を持っている。単に生き物のような、生きているような機械というだけでは理解が足りていません。私たちは機械であるのと同時、実際に生物でもあるんです。この地上において、人類の後に霊長の座に着こうとした新しい種だと理解してください」

──地上の支配権を人類から奪取せんとした新たな種。

ゆえに、と説明を続けるウルの視線が落ちる。

その向く先は箱の中の金属片だ。どこか忌々しそうな目で彼女は続ける。

「ゆえにその金属片を細胞と比喩しました。機械の部品ですが、そう表現するより、機械生命という生体の一部であると言ったほうが正確な理解になるでしょう」

「それが……どういう？」

「人間にも移植できるということです」

「それ、もしかしてこの前の連中みたいな……!?」

端的に告げられたその言葉で、思い出したのは街で襲ってきた黒尽くめのことだった。

　肉体の一部を機械化した人間なら俺も目の当たりにしている。生体融合型、なんて風に確かウルが言っていたが、そのことなのだろうか。

　その答えは、問うよりも早くウルが首を振ることで教えてくれた。

「あんなものとは次元が違いますよ。いえ、まあ結果的には似たようなものですが、その金属細胞片を人間が取り込む場合、影響が出るのは肉体ではなく魂のほうです」

「魂……」

「言ってみれば人間と機械生命を融合する旧界遺物……そんなところでしょうか。肉体を作り替えるのとは訳が違います。魂の在り方そのものを根本的に改変してしまう」

　ウルが語ったその言葉を、どれほど正確に理解できたのか、実はあまり自信がない。

　魂、なんて簡単に言われても実感が湧かないからだ。そんなものは誰だって観念でしか理解していないだろうし、結果それで強くなれるのなら問題ないという気もする。

　だが、それならウルはこんなにも深刻な口調で語らないだろう。

「……結局のところ、これはどう使うものなんだ？　使うとどうなる……？」

「前者は、とても簡単ですよ。肉体に取り込めばいいだけです。たとえば飲み込むとか」

　――ですが、と彼女は続ける。

　それは、きっとウルなりの忠告なのだろう。

「オススメはしません。せっかく来ておいてなんですが、ここに置いていったほうがいいくらいのものです。たとえ欠片でも、自分ではない存在を取り込むのはリスクがある」

「……ちなみに、もし取り込んだらどうなるんだ？」

「それは取り込んでみないとわかりません。ただ、この金属片の元となる機械の在り方を踏襲した、なんらかの能力を得ることになるとは思います」

「能、力……」

「機械とは究極、道具です。目的が……用途があって作られている。刃物であるなら切断すること、銃器であれば弾丸を放ち対象を撃ち抜くこと。根源的な存在の理由です」

あるいはそれは、人間であっても持っているものなのかもしれない。

生まれてきた理由。存在する意味。示すべき価値。そういった魂の根幹となる、方向。

──たとえば、それは俺が強く英雄になりたいと願うのと同じような。

そしてそういった影響は、初めから目的ありきで生み出されている機械生命においては人間よりも遥かに色濃くその《魂》に根差している。そういうことなのだろう。

「新しい魔術をひとつ習得できる、と。簡単に表現するなら、そんな感じでしょう。ただ何を得るか確証はありませんし、何より精神に強い影響を受けます。オススメしません」

「影響っていうのは、具体的にはどんな？」

「そうですね。たとえば着火用の機械の魂を取り込めば、何かを見るたびに火をつけたくなるとか。そういう影響です。武器の魂なら、目に入る生き物みんな殺したくなるかも」

「……、それは困るな」

「ですから、オススメしませんと言っているんです」

「ちなみにその影響って、絶対に受けるもの？」

「絶対、とは言い切れませんが……。なんの影響もないことも考えられます。それこそ、取り込んでも何も起こらない可能性も含めて。どう出るかは、取り込んでみないと」

「………………」

「あの。さきほどから、かなり取り込むことに前向きに見えるんですが」

「え。ああ……いや、まあね。この前のことも考えたら、手段としてはアリかなって」

少なくとも似たような技術を利用している相手が敵にいるのだ。できる強化はしておくほうが、何もしないでいるよりは後悔が少ないような気がする。

「レリン……」

「いや、ウルの言いたいこともわかるけど。でもこれだって予言で知ったわけだろ？」

つまりこの情報は、言ってみれば未来からの贈り物なのだ。

ウルの予言とはすなわち未来の情報だ。これが何かの危険に繋がるものなら、そもそも予言しなければいい話だろう。それなら俺がここを訪れること自体なかった。

「予言書の指示なんだし、そんなにマズいコトにはならないと思うんだけどな」

「絶対、とは言い切れないでしょう。レリンは危機感が足りなさすぎますよ」

「そうかな……」

むしろ危機感を持っているからこその判断だと思うのだが。

とはいえ、俺を心配してくれているウルの言葉を無下にするのも心苦しい。予言にも、ウルを信じろと確かに書かれていたわけだし。

「よし、わかった。使うかどうかは一旦保留にして、持っていくだけにしておこう。それならいいだろ？」

「……ここまで来て成果なしというのも、なんですからね。わかりました」

あまり納得してはいない様子だが、それでもウルは頷いてくれた。

俺は頷きを返し、それから金属細胞を容器ごと取り出してポケットの中に仕舞い込む。

――俺自身、好き好んで自分を改造したいとまではさすがに思わない。当然だ。

使わずに済むのなら、それに越したことはないのだろう、きっと。

「ともあれ、これであらかた回収できたね」

ウルに向き直ってそう口にする。

大方針の二番、すなわち《集められる限りの旧界遺物を回収せよ》の項目は、ほとんど達成できたと言っていい。少なくとも、簡単に行けそうな場所の遺物は回収し尽くした。

「ええ、そうですね。おめでとうございます、レリン」

にっこりと嬉しそうにウルは笑う。

何やら気恥ずかしい気分だ。ウルは俺に甘すぎるような気がする。

「いちばんわかりやすい指示だったからね。むしろ、それ以外が曖昧っていうか……」

一番目の指示である《剣を手に入れよ》なんてのが最たる例だろう。

なにせ、それ以外の情報がないのだ。剣——とは果たして何を指しているのだろう。

一応、剣は一本、街で購入しておいてある。今それを腰に佩いてもいるが、本当にこれだけで達成できたと言っていいのだろうか。簡単すぎて、いまいち自信が持てない。

この《剣》が、何か特定のものを指した言葉という気がするのだ。

というか、仮に剣ならなんでもいいとした場合、それを持っておくことでいったいこの先の未来になんの影響があるというのか。

そりゃ俺だって剣が使えないとは言わないが、ほかの武器ではダメな理由があるのか。

いや。それ以上に何より——、

「結局まだ、ウィルイーターってのがなんなのかわかってないんだよな……」

「……そうですね。分岐点の期限まではまだ時間がありますが、現状では手詰まりです」

「そうなんだよね……。ああ、ちょっと休憩しよっか、ウル」

いくらウルという反則といっしょでも、長期間の圏外探索は気疲れが激しい。

奥に寝室らしき場所もあるし、金属製っぽいベッドもほとんど錆びてすらいない。まあさすがに毛布の類いは期待できそうになかったが、腰を掛けて休むくらいならば充分だ。

「ええ。人間である以上は休息も大事ですよ、レリン。よい心がけです」

ウルは嬉しそうにそんなことを言うと、先導するみたいに寝室のほうへ歩いていく。

……やっぱり妙な気分だ。

俺のことを焚きつけた張本人のクセして、俺が休もうとするくらいのコトであんなにも嬉しそうにするなんて、もう一周回って卑怯ではないかと思う。やっぱりウルは反則だ。

そんなことを考えながらウルに続いて寝室に入る。

と、なぜかウルはベッドの端に腰を下ろすと、こちらを見上げて笑顔で。

「さあ。どうぞ、レリン。このまま横になってください」

「……どうぞ、とは？」

「ふふん。この私が膝枕をして差し上げるという意味に決まっています。究極の寝心地をお約束すると言っておきましょう。この私の銘に懸けて！」

どやあ……という表情で彼女は言った。

だから、俺も言った。

「いや、何を言っているの？」

「む、レリンこそ何を遠慮しているのですか。――はっ！　言っておきますが私が機械であるゆえの硬さを危惧しているのなら、それは余計な心配であると断言します。その辺り抜かりのない私ですよ。さあ、試してください！　私のモモは柔らかです！」

——私のモモは柔らかです！

などという言葉を告げられる日が訪れるとは、予想したことがなかった俺である。

確かにちょっと固そうと思ったけど！

それを言わないデリカシーなら俺にだってあったよ。

「さあさあ。さあ！」

キラキラした期待に満ちた視線が俺のことを貫いている。

なんかもう断るほうが馬鹿らしい。そんな気がして、俺は素直にベッドに上った。

ぽんぽんと太モモを叩いて待っているウルに、そっと頭を預けてみる。

——仰向けになった視界に、笑顔でこちらを見下ろす紅の瞳が浮かんでいる。

銀糸の髪がわずかに揺れ、どうしてか——それが静かに眠気を誘う。

「……寝る、つもりは……なかったんだけど」

「自覚していないだけで、レリンはすごく疲れているんですよ。いくら耐性があっても、魔素に満ちた圏外は基本的には人間に毒なんです。いるだけでも疲労は溜まっていく」

「……、そりゃそうだ……」

「お休みなさい、レリン。私がここにいる限り、貴方の安寧はお約束します」

——お休みなさい。

と、そんな言葉を誰かにかけられるのは、いつ以来だろうか。

院の生活で、部屋に戻る際に告げられる別れの意味の言葉ではなく。

眠りにつく俺を、最後まで見守っているという意味での、その言葉を聞くのは——。

本当に、久し振りだという気がした。

※

——それは、もう思い出せない過去のおはなし。

かつてレリン＝クリフィスは、夜が来るたびに魘されていた時期がある。

そのときに見ていた悪夢の内容を、今のレリンはもう思い出すことができない。

残っているのはイメージだけだ。

息をするのも苦しくなるような灼熱の炎。木々は焼け落ち、建物は崩落し、周囲にあるあらゆるものがその原形を失えとばかりに丹念に破壊されていく、地獄のような光景。

熱さが渇きを生み、焦りが息を乱し、感じる全てが痛みに変換されていく永遠。

何かが襲ってきているのだと、レリン＝クリフィスは気づいていた。

だけど、それだけだ。幼い少年に戦う力はなく、彼にできる最大限の努力とは誰の足も引っ張ることがないように、隅っこで息を殺して静かに縮こまっていることだけだった。

たとえ身の回りで誰が死んでいっても。

いつか優しい声をかけてくれたはずの誰かが迫りくる炎に焼かれても、
笑顔で剣の振り方を教えてくれた誰かが真正面から首を刎(は)ねられても、
いろんな知識を語ってくれた物知りな誰かが背中から胸を貫かれても、
笑いもせず、表情ひとつ変えず、もう名前さえ思い出せない大事だったはずの誰かを、
その命を――淡々と刈り取っていくナニカに、見つからないことだけが役割だった。
そんな少年に、誰かが言った。
それが誰だったのか、何を言っていたのかも今では忘れてしまっている。
記憶の映像は断片的で、それから何が起こったのかレリンには何ひとつわからない。
いや。そもそもこの悪夢が現実だったのかどうかさえ不確かだった。
ただその熱が、炎の匂いが、飛び散る血の色が、夢だなんてとても信じられないほどの
質量を持っていることだけは確かだった。
そして悪夢の終わりは、いつも同じ言葉を吐き出すことで迎えられる。
ごめんなさい。
弱くて、無力で、何もできなくてごめんなさい。
本当にごめんなさい――おとうさん。

「――どうしていつも無茶(むちゃ)ばっかりするの!?」

だから。

その答えはきっと、本当はいつだって自分はわかっていた。

決まっている。

だってこのままじゃ、レリン＝クリフィスには価値がないから。

生かされているだけの価値がない。

生かしてもらった意味がない。

だけど、そんなのは絶対にダメなんだ。価値を示して、意味を遺して——自分がここに生きていてもいいのだと証明するのはレリン＝クリフィスの義務でしかない。

助けてもらって生きているのだから、それに足る価値を生まなくちゃいけないんだ。

「こんなふうに、ひとりで、倒れるまで……何かあったらどうする気だったの!?」

——思い出される記憶があった。

そうだ。これは今だって鮮明に思い出せる。

狭い部屋。救道院の一室で、わずかな灯りの向こうに少女の姿を見ていた。

彼女は言った。泣き出しそうな声で、今にも崩れそうな姿で、赤くなった目元で——

「レリンは……レリンは、おかしいよ……！」

気づけば目の前にはひとりの少女と、そしてベッドに倒れるひとりの少年がいた。

俺は、それをまるで幽霊みたいに見下ろしている。

ベッドに倒れて荒い息で、高い熱に魘されるように呼吸する少年が、途切れ途切れ口を開く。それこそ傍で見ている少女と変わらないくらい、脆く、ひび割れるような声音で。

──だって、俺は……英雄に、ならないと……。

「だからってひとりで圏外に出るなんて、そこまで無理しなくちゃいけないの⁉」

少女の叱咤は当然のものだろう。

幼い子どもが圏外に出て、命があるだけ不思議なのだ。

「いい加減にしてよ！　いつもいつも……心配するほうの身にもなってよ、ねえ……っ」

──そうだよ……そうなんだ、よ……。

少年は言う。ほとんど意識もないだろうに、まるで追い詰められているみたいに。

──俺は、いつだって……助けられる、ばっかり、だから……。

「何を……言ってるの？」

──身寄りがなくて、拾われて……なのに、なんにも……返せて、なくって。みんな、みんなが……俺の、ために、あんなに……がんばって、くれてたのに……！

「そ、そんなの誰も気にしてないよ！　お父さんだって、みんな……当たり前でしょ⁉」

──そうだ……父さんは、俺の……父さんは、英雄……だった、から。

「……あ……っ」

──みんな、言ってる。父さんは、すごかった、って……なのに、俺は……けほっ。

熱に浮かされて零れるうわ言が、果たして彼の本心なのか。

そんなことは、きっと言葉を作っている本人にだってわからない。けれど。

──だから、俺も……返さなくちゃ。何もない俺が、もらったもの……父さんみたいになって、返さない、と……でないと、なんにも、意味が、ないんだ……っ！

「そんなこと、ないよ……いつも、あたしのこと……守って、くれてるじゃん……！」

耳触りがよく、蕩けるように甘い言葉。

それが毒であるのなら、きっと効き目は抜群だった。

安心したように、少年は深い闇の中へと意識を落とすことを自分に許す。

ただ、その寸前に、小さく、ひと言。

「ごめ……ん、アミカ……」

ふと気づけば、俺の視点はいつの間にか、ベッドの上の少年と同じものになっていて。

「え……？　何、どうしたのレリン？」

「何か、つかえるもの……取ってこようと、思ったんだけど……、できなくて」

「………っ、まさか、レリン……」

「落ち込んでる、みたいだから……だけど、ごめん……やっぱり俺……いっつも、役に、立たなく、て……、だけど」

——それは、きっと懺悔だった。

価値を示せないことが怖い。ひとりでは生きていけないことを知っているから。

無力で幼い子どもは、助けられる以外に生きるすべがない。

だけど、誰だって自分のことで精いっぱいの世の中だ。無償の施しになど甘えられない。

それでも与えられたものがあるのなら、せめて亡くなった父のように、これまで貰った
以上のものを、多くの人に返せなくちゃ嘘だから——。

「きっと……いつ、か……」

「いいよ。ね、もう休も？　体なら、あたしが拭いておいてあげるから」

「っ……」

「ありがとうね、レリン。ありがとう……。いつもあたしと、いっしょにいてくれて」

——お休みなさい。

と、そんな言葉が聞こえた気がした。

※

「あ、……アミ、カ……？」

ふと目を覚まして、そこで俺は、自分が眠っていたのだと自覚した。

圏外で、なんの備えもせず無防備に意識を手放すとは、まったく大した余裕である。

寝起きだからか、妙に滲んだ目を光に慣らしていこうとすると、そこに。

「お目覚めですか」

「あ……、ウルか？　悪い、完璧に寝てたみたいだ……」

「そのようですね」

じっとこちらを見つめるウルの目に、ようやくピントが合ってくる。

と、そこで気がつく。俺を見るウルの目に、何やら不平の色が浮かべられているのだ。

「すまん、俺だけ寝ちゃって。ずっと見ててくれたのか」

慌てて俺は謝った。

だがウルは首を振り、体を起こそうとする俺を覗き込むことで抑えながら。

「いえ。それが私の役割ですから。そんなことで怒ったりするはずがないでしょう？」

「……ということは別の理由で怒っていらっしゃる？」

「怒っていません」

「どうしていつもそこは認めないの、ウルは」

「……、むっ」

ぷっくりと、ウルは頬を膨らませていた。……かわいい。

頬袋に冬備えを蓄えた子リスのような顔で、わざとらしく視線を逸らすウル。

「まったくもう。目覚めたと思ったら別の女の名を零すとか……。私という高機能膝枕がありながら、なんたる……まったくもうっ！　レリンのそういうところはよくないです」

むくれるウル。高機能膝枕という自称がまずどうかと思うが、それより。

「俺、何か名前を言ってたのか？」

「はあ？　なんですか、そのすっとぼけは。水に流そうとしていましたが、そちらがその気であるのなら話も変わってきますよレリ……、むむ？」

「……？」

本当に覚えがない。覚えていないが、もしかしたら夢でも見ていたのだろうか。

と、仰向けになって目を開いていたせいだろう、瞳から涙がひとすじ零れてしまった。

慌てて目元を袖で拭う。していると、ウルが小さく溜め息を零して。

「……はあ。まあ、よしとしましょう……」

「ウル？」

「なんでもありません。それよりおはようございます、レリン。疲れは取れましたか？」

よくわからないうちに機嫌が直ったのか、柔らかな笑みに戻ってウルが言った。

なぜだろう。

それでも俺には、知らず涙を流していた自分より、ウルが悲しげに見えたのだが。

結局そのことには言及せず、俺は小さく首を振ってから訊ねた。

「俺のほうはもう平気だよ。疲れは取れた。それより、どのくらい寝てたかな、俺？」

「大した時間は経っていませんよ。せいぜい三時間ほどです」

「結構寝たな……いや、本当にありがとう。圏外でこんな快適に休めたのは初めてだ」

「ふふ、でしょう？　またひとつ、レリンに私の性能を知ってもらえましたね」

自慢げな表情でウルはポンポンとモモを叩く。

いや、膝枕のコトではなく、見張っていてくれたことのほうを言ったつもりだったのだが。まあ間違ってはいない気もするし、ウルが嬉しそうならそれでいいだろう。

「……初対面でぶん殴られたときを除けばだけど」

「それは言わなくてもよかったではないですかぁ」

むっと唇を尖らせる、わかりやすいウルの反応に苦笑する。人間味のある機械だった。

体を起こし、それから俺は全身を確認した。

怠さは感じないし、いくぶん頭もすっきりした感覚だ。ひと眠りできて助かった。

伸びをしながら、疲労とは無縁のウルに訊ねる。

「ん……それで、これからどうしようか？」

「それは、私ではなくレリンが自分で決めるべきことでしょう」

「つっても旧界遺物の回収はひと通り済んだわけだし、これ以上に予言の指示をこなすとなると取っかかりがね……」

剣とやらか、あるいはウィルイーターという機械生命（スカヴェンジャー）を探すことになるわけだが。

どちらも情報が不足している。人類圏より遥（はる）かに広大な圏外域を、闇雲に探し回るのはさすがに現実的じゃないし、なんなら仮に見つけてもそれだとわからないかもしれない。

「一旦、情報収集とかしたいところだけど。何か思いつかないかな？」

「何か……ですか」

「たとえばこの間の奴（やつ）らについて調べるとかさ。魔女のほうはともかく、そっちなら何か情報を掴（つか）めるかもしれないし。一旦、人類圏のほうに戻ってみるのもアリかもなって」

その辺り、是非ともウルの知恵を借りたいところだった。

未来の予言を除いても、彼女には俺の知らない知識がたくさんある。

「そう、ですね……」

だいぶ漠然とした俺の問いに、一瞬、ウルが迷うように考え込む様子を見せた。

俺が目を向けると、視線が合った途端に彼女はわずかに目を逸（そ）らす。だがすぐに何かを決意するかのようにかぶりを振ると、俺に向かって——

「でしたら一か所、私は行ってみたいところが……、レリンっ!!」

「な、——なんだいったい!?」

突然だった。建物内に凄（すさ）まじい音量の警報音（アラート）が鳴り響いたのだ。

サイレンが大声で喚（わめ）き、赤い警戒色のランプが灯（とも）り出す。

「っ……建物中の機械が乗っ取られています！　今すぐここを離れましょう、レリン！」

「乗っ取られた!?　誰に!?」

「わかりませんっ！　言えるのは、この警報は私たちに対する警告だということ！」

荷物を引っ掴み、入ってきたドアを俺は蹴破る。

赤い灯りで薄暗く照らされた廊下を、ウルとともに突っ切って走った。

捻じ曲がる廊下を駆け、入ってきた出入り口のほうに全速力。やがて玄関ホールにまで戻ってきたところで、俺たちはぴたりと足を止めた。

——そこに、待ち構えていたかのような人影があったからだ。

「だ、誰だっ!?」

咄嗟に声をかける。

そいつは明らかに俺たちを見ていて、その姿は——小さな少女のように見えた。

「——通告——」

と、その人影が声を発する。

硬い声音。まるで機械音声を思わせる、色も温度も感じさせない無機質な言葉。

「——現時点より三十秒を以て、敵対的旧霊長への攻撃を開始する。当該半径13単位内における敵対タグ保有者は、逃走を以ての投降、ないし闘争を以ての反抗を推奨する——」

いや、俺には理解できた。

そのヒトガタが正しく人間ではないのだということが。

なにせ似ている。あまりにも。

いや……いや違う、そうじゃない。

似ているなんて次元じゃない。

そいつは——どう見てもおんなじ顔をしていた。

「……ウ、ウル……？」

果たして俺は、隣に立つ少女に呼びかけたのだろうか。

それとも、行く手を塞ぐ人影に問いかけたのだろうか。

自分でもわからなくなってしまうほど、目の前の少女は——ウルと瓜二つの顔だった。

「……逃げてくださいレリン。今すぐ、振り返らずに！　早くっ!!」

混乱する俺の目の前に、庇うように前へ出たウルの背中が見えていた。

慌てて意識を落ち着けて、俺はウルに訊ねる。

「すまん、混乱した。なんだ、こいつ？」

「……私の、いわば姉妹機と呼べる機体です。まさか稼働しているなんて……っ！」

「姉妹機!?　ってコトは、アレにはウルと同じ能力があるってことか!?」

だとしたら——それがこちらに敵対的であるのだとしたら、確かに状況は最悪に近い。

だがウルは首を横に振る。そんな理解では到底、最悪には足りないとばかりに。

「その判断は正しくありません。言ったでしょう？　私は、機能を制限されていると」

「……、目の前のアイツは？」

「されている理由がない、と考えるのが最も適当かと存じます」

ウルの力なら、これまで何度も目にしてきた。

ヒトの——少女の姿をしていようと、ウルという機体の本質はあくまでも機械。それも能力の大きさを思えば、兵器と表現しても構わないだろう性能がある。

再び、俺は正面の敵を見据えた。

顔こそウルと瓜二つだが、正確なことを言えば髪の色と瞳の色が違っている。

銀糸に紅の瞳を持つウルに対して、現れた姉妹機のほうは真っ黒の髪に灰色の瞳だ。

——ふと、そのグレーの双眸がわずかに揺らめいて。

彼女は静かに口を開いた。

「——確認——」

その視界には、けれど俺が映っていない。そのことが明白に理解できた。

彼女が灰色の目に映しているのは、あくまでウルだけだ。俺など気にも留めていない。

「《究極》。なぜここにいるのか？」

機械的な問いかけ。ウルのような人格を彼女は感じさせない。

応じるように、ウルは鋭く答えた。

「それはこっちの台詞（せりふ）でしょう、《調和（ハルモニア）》。真面目な貴女（あなた）は意味のないことはしないはず」

ウルの口調は、普段のものと異なっていた。

どこか威厳を纏（まと）うような、普段の柔らかな声とは違う、無機的で――機械らしい口調。

「我らアルミスシリーズが稼働する理由は決まっている」

「そうかしら。ただ戦うだけなら《闘争（プロエリウム）》か《絶滅（ペルニシエム）》にでも任せればいい。貴女が起きているなんて珍しいじゃない。そんなリソース、どこにあったの？」

「リソースの話をするなら、それこそその二機には任せられない。ただ私は、予定された時刻に起動し、予定された行動を行うに過ぎない。貴女は違うのか、《究極（ウルティマーテ）》？」

「さあ？　末っ子はわがままと相場は決まってるから」

「…………」

「貴女にはわからないわよ。とにかく用がないなら下がって。仕事があるのでしょう？」

――それ以上も近づくならば攻撃する。

ウルの言葉にはそんな意志があった。操る機械球（スフィア）がひとつ中空に現れる。

果たして、そんなウルの言葉がどこまで響いたのか。

ハルモニア――そうウルに呼ばれた機体は、そっと視線を切ってどこかを見つめた。

虚空を見据えながら、どこか零（こぼ）すかのように彼女は呟（つぶや）く。

「……なぜ、私たちとの同期を切ったの？」

ほんのわずかに、それは感情らしきものを感じさせる声音だった。

けれどウルは何も答えない。ハルモニアのほうも答えを期待していなかったのか、何も聞かずにそのまま出入り口のほうへと引き返していく。

そして――そのまま見えなくなった。

呼吸の仕方を思い出すみたいに、そこでようやく俺はどっと息を吐いた。

「っ、び……びっくりした。帰ってくれたのか……？」

「……ええ。言葉で引いてくれる相手で助かりました。ほかの三機じゃ無理でしたね」

ウルが全部で五人姉妹だという事実がすでにだいぶ驚きなのだが。

ともあれウルの姉妹と戦わずに済むのなら、それに越したことはないだろう。

「とにかくよかった。何ごともないならそれで――」

『――いい、ワケがないだろ？　そんな考えなしじゃ苦労すんぜ、この先』

ウルとは思えない言葉が、ウルとは思えない声で――ウルから聞こえて絶句する。

いや、厳密にはウルからではない。その傍に浮かんでいる機械球が、いつの間にか形を変えて長方形のスクリーンを空中に投影しているのだ。

画面に映っているのは砂嵐だけ。だが声は、確実にそこから響いている。

「ウ、ウル……？　これは……」

『ウルに意識がねえのは見てわかんだろ？　回転が二周は遅えぞ、なあ首席？』

「……こっちの声、聞いてんだな。誰だよ、お前」

短く、俺は画面越しの声に誰何する。

返ってきたのは皮肉げな笑い声だ。

『は。俺の言葉で、テメェの正体が割れてることには気づいたか。オーケイ、意外と悪くない機転だ。ようやく脳を使い出したってんなら、ここからが会話だ。わかるかい？』

「…………ああ」

『挑発にも揺らがない、と。いいだろう、合格だ。期待してるぜ？　なんせお前は久しく見ないアタリみたいだからな。滅多にないチャンスは、俺だって逃したくねえのさ』

まるでこちらを試していたとでも言わんばかりに、声は告げる。

男のものだ。聞き覚えがあるような気もするが、知り合いの中には思い当たらない。

『悪いな。なにせお前がウルと出会うより前の過去は、どうしてもブレを固定できねえ。ここにいるお前が、必ずしも役に立つお前とは限らねえからな。別に喧嘩を売りたいわけじゃなく、単なる確認だったのさ。気を悪くしないでくれ』

そんな風に声は謝ってくるが、受け入れるかどうか以前に意味がわからない。

「……何を言ってるんだ」

『俺の言ってる言葉の意味、わからねえよな。そら仕方ねえ。そして時間もねえ。まずは大前提を話しておく。この会話はウルには聞こえてねえ。秘密の内緒話ってこった』

　その言葉通り、ウルはさきほどから微動だにせず固まっている。

　それこそ電源を落とされた機械のように。虚ろな視線が虚空を縫い留めていた。

「ウルは……無事に戻るんだろうな？」

『……、あーあ。なるほど、そういうコト訊くか。そういうお前か。なるほどな』

「何を……」

『こっちの話だよ。そんで安心しろ。俺がウルに手出しするわけねえだろ？　そんなことする理由がねえ。なんせウルに未来の情報を渡したのはほかでもない、この俺なんだぜ』

「――――」

　とんでもないことを、ごく当たり前のように男は言った。

　そして、その言葉の意味を踏まえるなら、それはこういうことになる。

「……お前は今、未来から俺に声をかけているのか」

『悪くねえ。頭は回るようだな。――不正解だ』

「違うのかよ……」

『いや、大筋は正しいさ。だから褒めた。だが厳密には違う。考えてみろ、未来と過去で会話できるわけねえだろ。つーか、できんならあんな予言書がいらねえ。違うか？』

　その通り、だった。

　こうして声で未来の情報を伝えられるのなら、遠回しな指示など必要がない。

『こりゃ言ってみりゃ録音だ。お前に伝えられることは決まってる。ならどうして会話ができるのか、なんて面倒臭いこと訊くなよ？　説明が怠い。そういうもんだと理解しろ』

「…………」

『重畳だ。本題に入るぜ？　まず、ウル以外のアルミスシリーズを見つけたな？』

アルミスシリーズ。

という言葉なら確かにさきほど聞いた。俺は頷く。

「……ウルの姉妹機のことだな？」

『そうだ。かつて文明の最盛期に創り出された機械生命の頂点。五つの傑作機……それがウルたちアルミスシリーズだ。五機揃えば星をも墜とす、まさに究極の兵器ってヤツさ』

「究極の……兵器」

『この俺は、ウルが――お前がウル以外のアルミスシリーズに接触すると再生されるようプログラムしてあったもんだ。もっと言えば、そうして生き残ったとき、だがな』

死んだらそれまでだ、とでも言いたげな男の声には反発がある。ウルのことを兵器だと断言されるのも、かなり気に喰わなかった。

とはいえ、今はそんなことを口に出しているときではない。

『で、どれだった？　見つけた機体名は？』

端的に男はそう訊ねた。

「どれ、って……ウルは《ハルモニア》とか言ってたけど」

『《調和》か。ならいいだろ、やっぱりそこはブレねえな。まあ、今のは裏切られるのがわかってて訊いただけの皮算用だ。元から本気では期待してねえさ』

男は一方的に、知ったような言葉を吐いた。輪郭のわからない独白に少し苛立つ。

けれど──だからといって、俺にこの会話を遮る選択肢はあり得ない。

『次だ。今の日付を言え。おそらく新暦一〇二六年だろうが、何月何日だ？』

「……十月の、十四日だが」

『あ、十月？　十月の十四だと？　……そうか。そりゃだいぶ早えな……』

わずかに考え込んでいるみたいに、男からの声が止む。

こんな録音があって堪るかという話だが、どうせ突っ込んでも意味はないだろう。

しばし待っていると、ややあってから再び声。

『なかったパターンだが、まあいいだろう。で？　第一分岐点の指示はどうだ』

「……あの、剣を探せとかどうとかいうヤツのことか？」

『ああ、それだ。どこまで進めた。剣はあったか？』

「……ねえよ。つーか意味がわからねえ。やっぱりアレ、特定の剣を言ってんだな？」

『ああ……なるほど、ならもういい。剣についてはお前は忘れろ』

「はあ!?」

『いいんだよ。剣のひと言でピンと来ねえなら、それはもうお前というお前には関係ねえ話だ。割と珍しいが、今までにもそういうことはあった。で？　それ以外はどうだよ』

「一方的に話進めやがって……別に、旧界遺物は回収したけど、そのくらいだよ」

……なぜだろうか。

この話を聞かなければならないと理性が考える一方、どうしてか、これ以上は聞いてはならないと本能が叫んでいる気がしてならない。

それでも止めることはできなかったし、だから声も続いていく。

『そりゃいいな。割と強ぇモン揃ったろ？　普通なら一生かかっても手に入らねえぜ』

「……まあ、かもしれないが」

『あ？　なんだよ、もう少し喜べよ。で？　肝心のウィルイーターは倒せそうか？』

「んなこと知るかよ……」

『おいおい。さっきからまた投げやりじゃねえの。まさか自信がねえのか？　やり方次第だが、充分倒せるくらいの武装は集められるはずだぜ？　そのための遺物回収だろうが』

「だから、そうじゃねえって。そもそもウィルイーターっていったいなんなんだよ？」

結局、そこがわからないからもやもやする。

最初からそうだ。この予言は曖昧で意味がわかりづらく、非常に不親切だった。

こいつが過去にそれを送ったなら、もっとわかりやすくしておけと不満を言いたくなる気持ちだってわかるだろう。

そういう意味で言った俺に、けれど返ってきた反応は予想外のもので。

『──なんだと？』

「あ……？」

『ウィルイーターを、知らない？　おい、そいつはどういう冗談だ。《開拓者の前線》に住んでて、あのバケモノ機を知らねえってこたねぇだろ。何言ってやがる』

会話が始まって初めて、明確に焦ったような男の声を聞いた。

だが、そんなことを言われても俺のほうが困る。

「何言ってんだはこっちの台詞だ。あの予言、お前が寄こしたんだろ？　いくらなんでももう少し具体的な指示が欲しかったけどな。結局、ウィルイーターってなんだよ？」

『………、嘘だろ』

「はあ？」

要領を得ない男の言葉に、次第に妙な苛立ちを感じてくる。

『あり得ねえ。そりゃいくらなんでもブレ過ぎだろ。なんでこうも噛み合わねえ？』

「おい……」

『ああクソっ、想定外だ！　俺が聞いてもフィードバックできねえってのに！』

「おい、何に驚いてるんだ!?　そろそろ説明をしてくれよ！」

『つせえな……だがいいだろう。元よりそれが目的だ。逆に訊こう。何が聞きたい？』

「な、何って……」

唐突に冷静になった男に面食らってしまう。

その様子は、なんだか機械的な気がして違和感があった。

確かに——俺は、何を訊くべきだろう。

迷って口を閉ざした俺に、男のほうから促すような言葉がくる。

『言ったろ？　これは録音だって。まあ比喩みたいなもんだが、この音声は元よりお前に状況を伝えるために用意したもんだ。全ては話せねえが、可能な質問には答えるぜ』

「……本当だろうな？」

『嘘言ってどうする。つーか、そんなことは聞いた上でお前が判断すればいい。だろ？』

癪だが、男の言っていることは確かに理に適っている。

俺にとって、この会話はほかに代替の利かない最大の情報源なのだ。逃せなかった。

ゆえに——俺は考えた末に、まずこう訊ねた。

「……お前は誰だ？　いったい何者で、なんの目的があってこんなことをしてる」

『最初に訊くことがそれでいいのかい？　言っとくが、この会話も長くは続かねえぞ』

「先に言えよ、そういうことは！」

訊けることが限られているなら質問だって変わってくるというのに。

とはいえ、そんな風に怒っている時間さえ無駄だろう。かぶりを振って質問に戻る。

「ああもう……別にいい。正体を教えろ！」

何を話すにせよ、こいつの身元が不確かなままではどこまで信用できるかわからない。

だからそう訊ねた俺に、画面の向こうの男はノイズのかかったような声で。

『それは言えねえ』

「はあ!?」

『言えることなら答えるっつったんだ。言えねえこともある。だが目的はわかるだろ？

過去を……お前にとっては未来を変えることだ。人類の滅亡っていう最悪の事態をな』

「…………」

『そこは信用してくれよ。お前と、一致する目的のはずだぜ』

「……なら、魔女は本当に復活するのか？」

『するね。俺の視点から言うなら——したと過去形で言ってもいい』

魔女が復活した世界。

それを防ぐことができなかった未来。

『みんな滅んで、みんな死んだ。俺の世界は終わりさ。もう、なんにも残ってねえ』

「…………」

安易には反応もできない、そんな言葉だった。

古い伝承に――そして教会の予言に謳われる厄災の魔女。それが復活を果たし、人類を今度こそ滅ぼし尽くす。そんな経験をした人間の気持ちなんて、俺には想像もできない。

『俺が送った予言書の記載は見たな？』

「ああ。……読める部分と読めない部分があったが」

『そりゃ仕方ねえ。必要なロックだけが外れる仕組みになってるからな。知らないという前提で進む情報は知らないままでいるべきなんだ。でなきゃどうズレるかわからねえ』

「……それで、あんな指示を書いたのか。お前が……」

『ああ。ありゃ俺のメモ書き、日記帳ってわけさ。予言なんて大層なものじゃない』

書かれているのは、彼にとっては未来ではなく過去なのだから。

なるほど。ならば確かに予言なんて表現は、お為ごかしも甚だしかった。

『とはいえそれだけじゃねえ。きちんと指示も書いておいたろ？　曲がりなりにも予言を名乗る以上、悪い未来を回避する方法も書いておかなきゃな。苦労したんだぜ？　いくらウルの力でも、過去に送れる情報量には限りがある。ギリギリまで切り詰めたんだ』

「ウルの……力」

『ああ。ウルがもし全力を出せるんなら、今の人類なんざひとりでも滅ぼせる。お前の目の前に立ってるのがそういう存在だってことは、自覚しておいたほうがいいぜ』

表情から色を失くして、ただ棒立ちしているウルに一瞬、視線を送る。

まさかそれほどの力があるとは、さすがに想像していなかった。そんなのがあと四機も存在するとなると、確かに今の人類が滅んでいないのは奇跡に等しく思えてならない。

「あ、いや、待ってくれ。じゃあさっきの奴(やつ)は大丈夫なのか？」

『は？　さっきのってのはなんの話だ』

「言っただろ。会ったんだよ、ウルと同じ顔した奴に。あいつどっか行っちまったけど、放っておいても大丈――」

『――待て。お前、会ったって言ったな』

瞬間、男の声色が少し変わったような気がした。俺は乱暴に頷(うなず)く。

「最初からそう言ってるだろ」

『見つけたわけじゃないって意味だな？』

「は？」

『封印状態のを発見したわけじゃなく、起動状態の《調和(ハルモニア)》に会ったんだな？』

「……それだと、何か問題なのかよ」

『そうか……そうかよ。そりゃ、聞きたくなかったな……』

小さく、ほとんど独り言のように男は言う。

「おい、だからひとりで納得しないで説明してくれ。なんの話なんだ？」

『………』

「答えろよ……！　なんなんださっきから勝手に喋りやがって。お前、俺に未来を変えてほしいんじゃないのかよ！　だったらもう少し、わかりやすく説明を——」

『いいや』

と。男は言った。

ごく端的に——さながら不死の病を宣告する医師のような静謐さで。

『今のでよくわかった。お前の世界はもう詰んでる。お前に世界は救えない』

告げられた言葉の意味を、すぐには理解できなかったと思う。

いや、理解はしていたのかもしれない。ただ納得が遅れてすら届かなかっただけで。

「お、おい……おい、待ってくれ。今、なんて言ったんだ……？」

『残念なのは俺も同じだよ。聞いたことのないパターンだったからな、今回は期待できると踏んでたんだが……なんのことはねえ、お前はむしろ、今までで最悪を引いてる』

「だから……何を言って、」

『——どうして予言書に指示が書いてあると思う？』

俺は完全に混乱しきっていた。

こんな話は聞かなければよかったとさえ、どこかで考えてしまっている。

　それでも、どうしても冷静さを捨てられない頭の一部が、自動的に答えを返していた。

「それに従ってれば……未来を、変えられるからじゃないのかよ」

『言い換えよう。――どうして未来にいる俺にそんな指示ができると思う？』

「ど、どうして……って」

『例を挙げようか。俺には俺の通ってきた過去がある。そこでの失敗を踏まえれば、ああ確かに過去にアドバイスを送ることはできるだろう。ここでこうすればよかったんだよ、ってな。お前もそういう指示だと思ったんだろ。――で、その次はどうするんだ？』

「……その、次……？」

『だってそうだろ。過去の一点を変えれば当然、その時点でその先の未来が変わる。ならこの時間軸にいる俺には変わってしまった以降の未来がわからない。つまり普通に考えて送れる指示はひとつだけだ。それ以降のことは俺にだってわからないんだから。だろ？』

　たとえば過去にある店へ食事に行き、その先で通り魔に襲われて怪我(けが)をしたとする。

　その未来から、過去へ《店を変えろ》と指示を送った場合、送った当人には《違う店に行った場合の顛末(てんまつ)》がわからない。

　別の店へ行ったことで無事で済んだのか、それとも今度はその店で強盗に遭ったのか。

　――それはわからない。

わからないことを指示として送ることはできない。

『ならどうすればいいと思う？　……そろそろわかったんじゃないのか？　もしかしたらこのお前なら、気づけるかもしれないと思うんだけどな。どうだ？』

そう問われて、俺は少しだけ思考してみた。

答えは、たぶん単純だ。一度では足りないのなら二度をこなせばいい。そういう話。

俺は言った。

「過去に指示を送った結果まで見て、それを踏まえた指示を次に出す。それを繰り返す」

『――正解だよ、レリン＝クリフィス。ついでに訊こう。俺の名前を言ってみな』

わからないはずがなかった。考えてみれば当たり前の話だ。

選択に失敗して詰みを迎えるたびに、その情報を過去へと送付する。それを繰り返していくことで、あらゆる分岐のデータを収集する。死にゆく世界を無限に見届けながら。

ならば、そうやって培ってきたデータを誰に託す？

決まっている。そんな相手は、この世にひとりしかいないはずだ。

「お前は……未来の俺、なのか」

『ああ。お前とは違う過去を持ち、お前とは違う未来を辿った――レリン＝クリフィスが俺の名前だ。自分とは違う自分を何人も見殺しにしてきた、英雄には値しない男だよ』

自分の持つ情報を過去へ送る。

過去でそれを受け取った自分が未来を変えるために奮闘する。

だがどこかで失敗する。

収集したデータを集積して再び過去へ送る。

その繰り返し。

自分ではない自分を永遠に、情報収集の駒にし続ける未来の俺自身。

『つっても、俺という主体はもう消えてるがな。録音と言ったが、実際には人格をデータ化した上でシミュレートを走らせてると思え。俺は、自分自身を情報化しちまったのさ』

「……世界を救う、ためにか」

『知らねえよ。そんなことを言う資格はとっくに捨てた。俺はもう何度となく、繰り返す世界そのものを実験台にして過ごしてる。まあ最悪なことに、何度辿っても最悪の未来は変わらねえのに、それ以外の要素は何度も変わってるから遅々として進まねえがな。俺の過去すら世界によって違うんだぜ？　時間どころか、文字通り世界を越えてるのさ』

だとすれば、この男の――未来の俺自身の態度も納得できる。

コイツにとって今ここに生きている俺は、これまで何度も死を見てきた、モルモットの一体に過ぎないのだろう。いや、どころか俺が生きているこの世界全て、替えが利くと。

「……ふざけすぎだろ、それは」

どこまで摩耗すれば――どこまで絶望すれば、そんな最悪の選択に至るというのか。

俺自身ながら理解できない。

いや、単に名前が同じだけで――コイツはどこまでも、俺ではないのだろう。

「お前の指示じゃ、俺は……何も救えないんだな」

『指針にはなる。少なくとも何も知らないよりは遥かにマシだ』

「でも、」

『ああ。悪いがお前は、それ以前の問題だ。見たことのないパターン、だけどな』

相変わらず、画面には何も映し出されていない。

俺に顔を見せる気はないのだろう。あるいは情報と化した以上、顔すらも失ったのか。

『予言に書いた分岐点ってのは、要するにどの世界でも強固に変更を許さないポイントのことだ。何も介入しなければ絶対にそうなる。たとえば俺は、どういうルートを辿っても必ずこの年までは生きて、そして必ずウルを見つけ出す』

――ま、見つけてない俺とは出会えないから実はわからないんだけどな。

そんな付け加えなくてもいい補足を、付け加えてから彼は続ける。

『ウィルイーターの襲撃もそのひとつだ。そして襲撃が起きれば必ず被害が出る。それを防ぐように、俺の指示も書かれていた――実際、最初の分岐は突破した実績がある』

「でも、俺の場合……」

『前提が間違ってたんだ。運命はそう簡単に変更を許したりしない。お前の世界にウィルイーターがいないってことは、襲撃が起きないという意味じゃない。別の何かに襲撃者が代替されるだけなんだ。――お前の話を聞く限り、その主体はおそらく《調和(ハルモニア)》だ』

――《調和》。

ハルモニアという名を冠した、ウルと同じ最高峰の機械生命。

『勝ち目はない。ゼロだ。この特異点がもたらす結末はもう覆らない』

「……結末ってのは、なんだ？　誰が襲撃される？」

『アミカ＝ネガレシオだ。――予言の英雄のひとりは、この段階で間違いなく死ぬ』

気づけば、俺は強く手を握り締めていた。

ずっといっしょに過ごしてきた、幼馴染(おさななじ)みの少女の死。

そんなことを告げられて、冷静でいろというほうが無理だろう。

『残念だよ』

画面の奥で男(おれ)は言う。

本当に、その言葉は嘘(うそ)ではないというように。

『アミカは……ここ最近じゃ、少なくともこの段階でなら、かなり高い確率で助けられるところまで指示の精度も上がってきてた。こんなパターンもあるとはなあ……』

ふざけた――それはもう本当にふざけた言葉だった。

これ以上は聞く意味もない。もう黙っていてほしかった。

「何を勝手に諦めてんだテメェは！　助けようともせず死んだことにしてんじゃねぇ！」

『…………何？』

「うるせえ、時間が惜しいんだよ！　クソ、お前なんかと長話しすぎた。とっとと消えてウルを戻せ！　今からなら、まだ追いかけられるかもしれねえだろ！」

胃の腑の奥底に煮えたぎるような熱さを感じる。

何が運命だ。どうしてそんなものに死を決めつけられなくちゃならないんだ。

——絶対に認めない。

未来の俺が勝手に諦めようと、そんなものはこの俺には無関係だ。

『なんだ？　お前、まさか《調和》と戦うつもりか』

そんな俺に、俺ではない俺が冷めたように問う。

「当たり前だろうが！　放っといたらアミカが殺されるとわかってて、」

『やめとけ。無理だ。言っただろ？　敵は、一機でも人類全体を敵に回せる化け物だぜ』

「知るか！　そんな御託で、はいそうですかってやめられるわけないことくらい——」

『わかってねえんだよ、お前は。言ってるだろ。奴らは一機で人類を滅ぼせる。こいつは別に性能を語ってるわけじゃねえんだ。ただの実績を言ってるんだよ』

熱くなっていた頭に冷や水をかけられたような気がした。

　実績、と奴（やつ）は言った。それは過去、実際に行ったことがあるという意味だ。つまり、

「アレに、滅ぼされたのか……お前の、世界は」

　そう訊（たず）ねた俺に、だが男は冷めたままで。

『——だから、わかってねえって言ってんだ』

「何……!?」

『そんな、今じゃせいぜい億程度の絶滅危惧種、アルミスシリーズがいなくてもそこらの機械生命（スカヴェンジャー）で充分殺し尽くせる。——俺が言ってるのは、それよりもっと前の話だ』

「前、って……、まさか」

『そうだよ。——奴らは旧文明を滅ぼし尽くした、その切り札だった機体だ』

　かつて星の表面を覆い尽くし、巨大な機械文明を築き上げた生物。

　人類。

　その最盛期の文明を、たった五機の機体だけで征服し尽くしたと奴は言っている。

「旧文明を滅ぼしたのは《厄災の魔女》じゃなかったのか!?」

『それで合ってるよ。俺が言ってんのは手段だ。ウルは機械だぞ。道具だ。使用者がいて初めてその性能を十全に発揮する』

「……魔女、が……アルミスシリーズを使ったって、ことか……?」

『理解が早いじゃねえか。かつて奴らは乗っ取られたのさ。魔女の手によってな』

ならば、かつて存在したという魔女にとって、人類を滅ぼすのは容易かっただろう。

なにせ人類が自ら、自滅に足る装置を生み出したのだから。

魔女とは単に引鉄を引いた者に過ぎず、放たれた弾丸がウルたちだった。

『人類が生き残ってんのは、たまたまアルミスシリーズが休眠に入ったからってだけだ。創った奴が遠慮を知らなかったのが一周回って幸運だったんだな。なんせ一秒稼働させるだけでも年単位でエネルギーの充電がいる。そんな性能、人類相手にゃ過剰だってのに』

その言葉が事実であるなら、勝ち目なんて有無を考えること自体が馬鹿らしい。

そして俺には、今の言葉が嘘ではないということがわかっていた。

嘘をつく理由がそもそもないのだ。それを教えているのは、むしろ善意の表れだろう。

——それでも。

それでも、足を止めることだけは、絶対にできない。

「俺は行く」

『死ぬぞ』

当然の事実が、予言するかのように告げられる。

「お前の知ったことかよ」

『……知ってるさ。嫌というほど』

「だったら黙って目を閉じてろ。時間がねえっつってんだろ」

『……悪いが、ウルをお前と行かせるわけにはいかない。死に急ぐならひとりで逝け』

「な……!?」

まさかウルを人質に取られるとは思わず、俺は目を見開いた。

だが未来の俺は、当然だとばかりに言葉を続ける。

『ウルを死なせるわけにはいかない。お前と違ってウルは替えが利かない』

「……………」

過去へ情報を飛ばすのはウルの能力だと言っていた。

つまりウルを損なえば、ここで俺と話している未来の俺の情報が消えるということか。

『は。どうせウルの力を頼りにして言ったんだろ？　考えが甘いんだよ。そんな――』

「ならウルはここでお前が守ってろ。初めからウルに投げ出すつもりはねえよ」

『な――ん、だと？』

画面の砂嵐がわずかに荒れたような気がした。

錯覚かもしれない。だがそんな言葉で驚かれるほうが、俺にしてみれば不愉快だ。

「確かウルは妹なんだったな。なら、姉と戦ってもらうなんてのも酷な話だ。俺は別に、ウルに頼って言ってるわけじゃねえ。その代わり、どんな手使ってでもお前が守れ」

『正気か？』

「お前よりよっぽどだな。アミカを……諦めて見棄(みす)てるわけねえだろ」

『違う。お前は正気でウルを気遣ってんのかって訊いてんだよ』

「はあ……？」

訊いているほうが正気とは思えない問いに、もう答えも浮かばなかった。

だが未来の俺は、その問いがまるでこの上なく重大だとばかりに言葉を重ねる。

『お前にとってウルはただの機械だろ。まさか人の形ってだけで感情移入したのか？』

「何言ってんだ、テメェは。逆にお前にとってウルはただの機械かよ！」

『…………』

「一から十まで腹立つな、お前は！　本当に俺か!?　あんだけ親身になって助けてくれたウルを機械だなんだって切り捨てるんなら、お前はもう俺じゃねえよ!!」

『…………………………』

ずいぶんと、長い沈黙がその場に降りていた。

いったい俺の発言の何が、未来の俺を凍りつかせたのかはわからない。

わかるはずもない。ウルをただの道具として認識できるなら、そんな奴は俺じゃない。

『……そういう、ことか……』

長い沈黙が終わって、男は静かにそう呟いた。

「ああ!?」

『わかった。それならいい。──急ぐならさっさと行け。まあ、無駄だとは思うがな』

声の調子が急に変わる。今の言葉に、何か思うところでもあったというのか。

ただ、確かに話している暇が惜しいのも事実だ。予言の期限まではまだ時間があるが、奴の話では見たことがないパターンらしい。すぐにでも追いかけなければならない。

ホールを抜け、ハルモニアが去っていった方角へ走る。

ふと、その背中にひとつ、奴から声がかけられた。

『――この先の道は、険しいぞ』

俺は答えない。きっと、少なくとも俺たちが相容れないことなら、もうわかったから。

だから、最後に託された言葉の意味など、俺は考えようとも思わなかった。

『お前が報われることはない。そうと知って挫折しなかった自分を、俺は知らない』

それでも。

俺は、お前とは違う。

※

アルミスシリーズ。

その参番機として設計されたのが《調和》である。

彼女は今、巨大な兵器を構えながら、廃墟と化したビルの屋上にいる。

その位置は、さきほどまでレリンたちがいた研究所とほとんど離れていない。計五種のアルミスシリーズにおいて最も射程に優れる彼女には、移動など基本的には必要ない。

彼女が構えているものは、身長を遥かに超す巨大な狙撃銃だった。

小銃と呼ぶにはあまりに大型に過ぎるそれは、砲身の先に刃をつけている。さらに形態を変えて近接用の杭打ち機としても利用可能な固有武装だ。

必要なときに必要な分だけのパーツを実体化できる、あらゆる形態で使用可能な可変式万能兵器。調和の号を持ち、あらゆる事態に対応できるよう設計された専用の武器——。

その照準は、遥か先に立つひとりの少女へと合わせられていた。

音もなく、撃鉄に細い指がかかろうとする。

その小柄な体に人間を超える膂力があることとは無関係に、見た目相応の力であろうと確実に、照準した対象を抹殺するに足る一撃。それを、彼女は放とうとしていた。

全ては役目だからだ。定められた要因に従い行動を起こす。

そこに、妹機のような人間性など一切感じさせない無機的なプログラム。

ゆえに慈悲はなく、

——撃鉄に、指がかかった。

※

そのとき、アミカ＝ネガレシオは怒りの渦の中にいた。

とはいえそれを極力、表に出さない程度には彼女にも自制心がある。

少なくとも、友人たちといるときくらい。

「やー……やっぱ厳しいかもねえ。アミカのほうはどう？」

呟くように言ったのは、同じ《予言の英雄》のひとりであるアイズ＝ミュナートだ。

こうして圏外域に出るにあたって、アミカが手伝いを頼んだ友人である。

「……ごめん。今のところ、感知に引っかかった感覚はないね」

「だよね。わたしも目には自信あるけど、近くにいないんじゃどうしようもない。せめてカイも手伝ってくれたら手が増えてよかったけど……」

「聖女様の護衛をなくすわけにはいかないからね。同じ仲間とは言っても」

こうしてアミカが圏外に出てきた理由は、このところ行方不明の友人を探すためだ。

昔から、何かと無茶ばかりする性格であると、嫌になるくらい知っている。ここ最近は調子もよくないようだし、そのくせ平気で圏外に出るから心配でならなかった。

とはいえ彼女は、探している大馬鹿野郎と違ってひとりで圏外に出る真似はしない。

友人であるアイズともうひとり、計三人でチームを組んでここに来ていた。

「フィーちゃんが見つけてくれてればいいけどね。斥候、得意だし見つけてるかも」

「……ごめん。もともと、圏外で人を探そうなんてほうが無茶だった」

「あはは、いいよ気にしなくて。もう六日くらいいないんだっけ。わたしだってさすがにレリンが心配になるよ。まあ、けろっと帰ってきそうなのがレリンだけどねー」

「そうだね。見つけたら思いっきり殴ってやろ？」

「それはアミカに任せとこうかな。わたしの分も合わせて二発オッケー」

「……それは楽しみ。ありがと、アイズ」

薄く笑って、あえて気楽に話してくれる友人の気遣いに感謝する。

「あはは。まあアミカが慌てながら、しかもなんでかレンチ片手に顔真っ黒にして走ってきたときはわたしも驚いたけどさ。アミカに頼られたら断れないって！」

「……あ、あははは……」

それは慌てていたことに驚いたのか、それとも格好に驚いたのか。

後者であると突きつけられたくなかったため、アミカは苦笑いで誤魔化(ごまか)した。

仕方なかったのだ。

本当はすぐにでも探しに行きたかったのだが、街の知人に旧式の二輪(バイク)の整備を頼まれてしまったため、終わるまで手が放せなかっただけなのだから。

この《開拓者の前線(パイオニア＝フロント)》を代表するネガレシオ救道院(きゅうどういん)長の娘として、何より人類圏の希望たる予言の英雄の一員として、困っている人々の頼みごとは断れなかった。

「にしても本当、どこ行ったんだか、レリンの奴……」

実際、この広い圏外で人を探そうなんて、いくら人探しの魔術が使えても無茶なのだ。

レリンがこの圏外域にいるという確証だってない。

この場所は、あまりに長居が過ぎれば毒になる。洗礼を受けた予言の英雄ゆえに圏外の魔素は無毒化できるが、レリンにはできない。

もう帰っているかもしれないし、なんならそもそも来ていない可能性もあった。

無駄足に終わる確率が高いと知っていながら、それでもこうして、わざわざ圏外域まで探しに来てしまった理由は……さて、いったいなんだろう。アミカは思わず顔を顰めた。

「ホント、アミカってレリンに甘いよねえ」

「──ふぁえ？」

思考を読まれたかのようなタイミングのいい言葉に、思わずアミカは面食らう。

言葉を発したアイズのほうは、特にそれに気づいた様子もなく。

「だってそうでしょ。わざわざ圏外まで探しに来てさあ。尽くす女だよね、アミカも」

「や、別にそういうんじゃないんだけど……」

「そう？　……アミカってレリンと幼馴染みでしょ。いっつも大変じゃない？」

「あはは。実際、大変だけどね。レリンって自分の身を顧みないところあるからさ」

「それはわたしも知ってる。なんていうか、あんまり自分に自信ないよね、レリン。院の成績は誰よりよかったっていうのに。ホント、選ばれなかったほうが不思議なくらい」

「……、だね」

「それに付き合っちゃうんだからアミカも健気(けなげ)っていうか。レリンも悪い男だよ」

「あたしは……レリンには、恩があるから」

小さく、零(こぼ)すように呟(つぶや)かれた言葉。それにアイズは首を傾(かし)げる。

「そうなの？　あれ、その話って聞いたことないかも」

「そりゃ、別に言ったことないし」

「へえ、気になる。恩があるってなんなの？」

興味深そうにアイズは身を乗り出す。

口が滑ったな、とアミカはわずかに苦笑したが、ここまで言ったら同じことだ。

「昔の……小さかった頃の話だよ。レリンが初めて、ひとりで圏外に行ったときの話」

「……普通の人間は、たぶん一生そんなことしないと思うけど」

レリンの英雄願望はほとんど強迫観念だよ、と呆(あき)れたようにアイズは首を振る。

アミカも、基本的には同感だ。ただ、

「そのときは違ったんだよ。レリンは私のために――お母さんのために圏外に行ったの」

「お母さん？　って、アミカの……？」

「そ。病気で永くないってわかってたんだけどさ。レリンの奴、お母さんの病気を治せる旧界遺物がどこかにあるかもしれないって、圏外まで探しに行ってくれちゃったんだ」

「……、バカだなあ」

薄く笑うようにアイズは零したが、そこに嘲りの色はない。

実際、あまりにも愚かだ。あるかもわからないものを、しかも子どもがひとりで圏外に探しに出かけるなど、叱られこそすれ決して褒められる行いではないのだから。

アミカも「本当だよ」と同意を返したし、その気持ちは『行ってくれちゃった』という表現にも滲み出ている。

「無茶し倒して、泣きそうな顔で手ぶらで帰ってきて……そのまま熱出して倒れてさ」

「……そんなことがあったんだ。知らなかったけど、でもなんか想像つくな」

「そう？」

「うん。——アミカ怒ったでしょ？」

「当たり前だよ」思い出して少女は首を振る。「どうしてそんな無茶するんだって。あの馬鹿、周りがどれだけ心配してるか、ぜんぜん理解できないんだから」

「嬉しそうな顔で言っちゃって。惚気じゃん、そんなの」

からかうような言葉に、アミカは顔を赤くして否定を返す。

「べっ、別にそういうのじゃないから！　あたしだってわかんなかったし！」

「わかんなかった？」

「……レリンの執念は普通じゃなかった。別にレリンは、あたしのためだから無茶をしたわけじゃない。誰が相手でも、たぶん同じことを平気でしたんだと思う」

その意味で言えば、アミカがよく頼まれごとを聞いているのはレリンの影響も大きい。

あるいはそれを自分に集めれば、レリンが都合よく使われずに済むと思ったのか。

「だから訊いたんだよ。どうしてそこまでするのかって」

この件が強く印象に残っているのは、レリンの気持ちが嬉しかったから――ではない。

むしろ逆だ。はっきり言って、彼の無私や献身がアミカにはいっそ怖かった。

「……そのとき知ったんだよ。レリンは別に、英雄になりたいわけじゃない。ただ自分が英雄にならなきゃいけないと思ってる――じゃなきゃ価値がないって思い込んでるんだ」

「………………」

「それからかな。この馬鹿は、あたしがちゃんと見張ってなきゃって思ったのは」

――そうだったんだ、とアイズは短く頷いた。

アミカは意図して語らなかったが、実際のところレリンが持つ自己肯定力の低さ、その原因が、言葉で説明する以上に根深いものであることを知っていた。

罪悪感があるのだ。

レリン自身すら覚えていない、根源的な心的外傷。

かつてレリンが——英雄と呼ばれた父親の最後の圏外探索に同行していたという事実。

そして、ただひとり生き残ったという過去。

その経験がいつしか彼に、助けられたのだからそれ以上の誰かを助けなければならない
と——だから英雄にならなければならないのだと、外れぬ枷を植えつけた。

父親の命で永らえたのだから、父以上の英雄になるのが当然だ、と。

だからアミカは思った。

それは違う、と。ここにたったひとりでも、彼の存在を肯定できる人間がいるのだと。

ただいてくれるだけで構わないのだと。そう教え続けるのが、彼に報いる方法のはずだ。

アミカ＝ネガレシオは英雄だ。

世界に選ばれてここにいる。

だが実のところ、彼女は英雄になりたいなどと考えたことは一度もない。

少女が今この場所に立っている理由はただひとつ。

——英雄を志した青年の、その隣にあろうと思ったからに過ぎない。

「あれ——？」

目のいいアイズが、ふと何かに気づいたように声を上げたのはそのときだった。

「アイズ？　何か見つけたの？　機械生命……？」

「あ、違う違う。だったらフィーちゃんが見つけてもう報告してくれてるだろうし」

斥候に出かけたもうひとりの仲間の名をアイズは挙げる。

確かに、もし異常があれば彼女が真っ先に報告に戻ってくるだろう。

「まあ、フィリアが戻ってきてないってことは大丈夫ってことだろうけど。それなら？」

「や……あっちのほうで、なんかが光った気がして」

そう言ってアイズが遠くを指で示すが、アミカが見ても何も見つからない。

「え、どこ……？」

「ごめん、もう見えない。気のせいだったかな。それか、何かに光が反射したのかも」

「ふぅん……？」

――結局、それらは数日後には忘れられる記憶として処理された。

気づかれないことを目的に動き出した、ひとりの知られざる英雄の戦果として――。

※

正確に照準している暇などなかった。

そもそも、どこへ行ったのかなどわからない。去ったハルモニアを悠長に探している暇などない以上、取れる手段はひとつ――向こうからこちらを見つけてもらうことだ。

ウルの索敵能力が、人間を遥かに上回っていることなら知っている。

ならば姉妹機であるハルモニアも、同等の索敵能力を持っている可能性は高いだろう。

それに賭けた。

取り出した《黒妖の猟犬》を範囲殲滅用の第二術式に換装。魔術によって、身体能力と視力になけなしの強化をかけてから、とにかく闇雲に辺りを照準しまくったのだ。

魔銃と接続された眼が、視覚を補正され、本来の能力以上に周囲を認識させる。

それに任せて、その場で立ち止まって回転するように周囲を狙いまくった。

——もし少しでも攻撃範囲に引っかかれば、必ず相手は狙われたという事実に気づく。

そうすれば、向こうのほうから俺の元にやってきてくれる。

そう信じて無差別攻撃を敢行しようとした俺の背筋を、

「……——づ……っ!?」

一秒、凍りつくような怖気が貫いた。

背後に感じる死の気配。咄嗟に銃身を振り抜いて、俺は引鉄を思い切り引いた。

「そこ、だ……！　奔れッ!!」

闇雲に放った《黒妖の猟犬》の一射が空気を切り裂く。

その瞬間にはもう、高いビルの上にいた影は、自身を狙った弾丸の方向へと飛び降りていた。その手には、何やら巨大な盾が備わっている。その陰に身を隠して、爆ぜたのだ。

落下、などという次元ではない。

　襲撃を察知した彼女は、跳躍と呼ぶのはおこがましいほどの勢いで、自身を弾丸にしてこちらに跳んでいた。数十メートルは離れていただろうビルの屋上から、ひと息にだ。

　構える盾は、俺の撃ち出した雷撃を完全に防いでいる。

「ぐ、ぉおあぁ!?」

　――ズドン、という爆音と、そして土煙。

　少女の姿をした兵器は、そのようにして俺の数メートル前に着弾した。

「……っ。第二術式(セカンドバレット)じゃ、やっぱ傷ひとつつかねえか……、はは」

　となれば、頼みの綱は最高火力の第三術式(エンドバレット)だけになる。

　それ以外の武装――集めてきた旧界遺物の類いは、さっきの研究所に丸ごと放り投げてきてしまっていた。どの道、使い慣れない武器で戦うほうが無茶(むちゃ)だろう。

　と、そのときだった。

「――《究極(ウルティマーテ)》と共にあった人間、何用か」

　少女の形をした兵器――ハルモニアが口を開いた。

　さっき会ったときはこちらに一切の注意を向けていなかった気がしたが、覚えてはいたらしい。いきなり先制攻撃したこちらに、用件を訊(き)くのだから優しい対応ですらあった。

　それが単に、人間味のない確認でしかないのだとしても。

「何、しようとしてたんだ?」

言葉に応じるように、俺は訊ねた。

話し合いで片がつくなら、それに越したことはない。

祈るように答えを待つ俺に、彼女は当然のように事実を紡ぐ。

「敵対人類への攻撃」

ぽつぽつとした、単語をひとつずつ零すような口調。

秘めた力を無視すれば、まるで幼い子どもにも見える。

「用件は質問か」

と、重ねてハルモニアは言った。

用が済んだら仕事に戻る、という意味の言葉なのだろう。ある意味でわかりやすい。

どうやら現状、俺のことは《敵対人類》とやらに含めていないらしい。攻撃対象でないなら会話が成立するのは嬉しい発見だが、逆に言うならあの雷撃は彼女にとって、なんら脅威ではなかったということ。俺のことを、敵と認めさせるに足る行動ではなかったのだ。

人間を下に見ている、というような話ですらない。

それは単なる現実的な判断だった。俺では彼女に傷ひとつつけられない、と。

「いや、ええと……その攻撃をやめるつもりはないか？　人を、殺そうとしてんだろ？」

「ない」

「……それは、そういう命令を受けているから？」

「それが私の存在する理由であるから」

「そう、か……」

わかってはいたが、これは単に会話が成立しているだけだ。

本質的に、彼女の行動には意志がない。説得が通じる余地がないということ。

「なら、俺がそれを邪魔する、と言ったら？」

「――邪魔になるようであれば」

大きな盾を構えたまま、彼女は言う。

端的に。機械的に。意志を感じさせない透明な声音で。

「まず先に貴方(あなた)から排除することになる」

「……わかった。できれば、戦いたくはなかったんだけど」

勝ち目が考えられないから、だけではなく。

ウルとそっくりな、ウルの姉に攻撃すること自体があまりいい気分ではないから。

「それでも、お前が人間を害するって言うなら俺がここで止める」

「……、……」

「それが俺の、存在する理由だからだ」

彼女のそれと意味は違っても、言葉としては変わらない。

――英雄に、なりたかった。

それが俺の生きてきた理由になると思ったからだ。

そう。結局のところ、俺の動機なんてその程度のものでしかない。

本心から世界が救われることを望む者は、それが誰の手によって為(な)されるかなど問題にしないだろう。自分がやらなければ、なんて想(おも)いに囚(とら)われている時点で純粋じゃない。

誰かを救いたかったのではなく、英雄になりたかった男の、それが限界だ。

未来の俺も、どこかで同じ間違いをしたのだろう。きっと俺はその程度の人間だ。

だから選ばれなかったのだ。

俺は選ばれなくて正解だった。

それでいい。こうなって初めて俺は、自分自身の願いと本当の意味で向き合えるから。

「助けたい、人たちがいる」

「……了解した」

まるでお願いごとでも聞いてくれたみたいに、ハルモニアは言った。

美しい双眸(そうぼう)が俺に向く。それはきっと、彼女が初めて俺を見た瞬間だった。

「貴方(あなた)を、——障害として認識する」

「はは……ありがたいね」

盾を下ろす少女と向き合う。

逆にこちらは銃口を前に向けた。英雄の遺(のこ)した武器が、果たして彼女に通じるか。

わかっている。理解はしている。

圏外に挑む人間なら、誰もが当たり前にそれを知っている。

――どうにもならないことは、どうにもならない。

だけどきっと、そのどうにもならないことを覆す者のことを、人は英雄と呼ぶから。

「換装(ロード)、――収束火力弾(エンドバレット)」

機械の魔銃が、込められた術式を改変する。

全身から、容赦なく一気に魔力を奪われる感覚。俺の持っている最大威力の攻撃手段である《黒妖の猟犬(ブラックドッグ)》の第三術式(エンドバレット)は、強大なリスクと引き換えに一点特化の砲撃となる。

「照準設定(エイムセット)――、」

銃身を走る光の筋が、血のような赤に色を変える。

それと同時、まるでグリップを握る右手が銃そのものに侵食されているかのように強い痺(しび)れと暴れるような痛みを訴えた。過剰なまでに魔力を込めている、その反動だ。

そう。威力が高すぎて使いづらい第三術式にあるただひとつの利点は、その雷撃威力が青天井であるというコト。魔力を込めれば込めただけ、放つ弾丸の火力も上昇する。

魔力喰(ぐ)らいの妖犬が、残る俺の命さえ魔力に変えて貪っていく。

反動は大きい。強大な魔力の通り道になっている肉体そのものが悲鳴を上げ、筋繊維が断裂し、骨さえ軋(きし)みを上げているのがよくわかった。

「ふ、はぁ……あ、く……っ！」

準備は万全。用意できる弾丸は、全てを込めたこの一発。

外せば死、防がれても死、当たったところで通じなければやっぱり死。

あまりに分の悪い賭けに笑みさえ零れそうな気分だった。

けれど悪くない。今、自分が、必要なことのために戦っているという気分は。

「――――」

目の前に立つ少女がふと、その瞳をわずかに細めた。

敵の手に握られた銃が蓄え続ける魔力量に、おそらく気づいたのだ。それが少なくとも自分を傷つけるに足る脅威であると、彼女の表情が教えてくれる。

無表情なようで、思ったよりわかりやすい奴かもしれない。――余計な感傷だが。

と、そこで突如として少女の持つ盾が消えた。

いや違う、空気へ溶けるように消えたかと思えば、その手にはすでに別の武器がある。

「……鎌、か……」

別の武器に持ち替えたというよりは、持っている武器が物理法則を蹴り飛ばすみたいにまったく違う形に変わった、というような光景。

ハルモニアが手に握る大鎌は、恐ろしいと同時にとても美しい。

そして。

「――――――」

「づ……おぉおっ!?」

次の瞬間には、予兆もなく彼女は跳んでいた。

振りかぶるように大鎌を構え、湾曲する切っ先をこちらの脳天に叩き落とそうとする、鋭い跳躍。あまりにも単純でありながら、その速度とキレに反応がわずか遅れていた。

身体的なスペックの差だ。こんなものに素の性能では追いつけない。

咄嗟に、背後へ飛び退って距離を取った。あらかじめ仕込んであった魔術による脚力の強化で、なんとか反応を追いつかせて。

大鎌の切っ先が、直後、寸前まで俺の立っていた地面に突き刺さった。

「ぐ、おぉあ……っ!?」

地面が爆発したかと思うような衝撃。

体勢を崩されないよう、堪えるだけでも精いっぱいだ。

「――――――」

と、大鎌を地面に叩きつけたハルモニアは、その勢いのまま、切っ先を支点にして宙で前回転するように身を捻り、さらに距離を詰めてくる。曲芸のような動きだった。

だが接近されること自体は好都合だ。

至近距離に来るならこちらも弾丸を外さない、と銃を構えようとしたところで――。

ふと見れば、いつの間にかハルモニアの手から大鎌が消えている。

「な、――はあ!?」

驚きに目を見開く俺。

その視界の中、宙で身を捻る機械の少女が、右足を思い切り振り抜いた。

「ぐ……、ぶ――っづぁあぁ……っ」

腹部に強烈な一撃。まだ距離はあったはずなのに、何が起きたのかわからない。

地面を転がる。あちこちに走る擦過傷など気にならないほどに、腹部をハンマーで叩き抜かれたかのような衝撃が俺の意識を奪おうとする。

――ダメだ。気を失ったら死ぬ。

「げ、ごぼ――っ、えほっ、か……がはっ!」

受け身も取れず俯せに倒れた体を、死ぬ気で起こそうとして咳き込んだ。

わかっている――彼女は全力の一%ほどもおそらく発揮していない。

そんなエネルギーを彼女は持っていない。いちばん弱い状態でこの強さなのだ。

土の地面に、赤い色が零れているのが見えた。内臓をやられたのか、喉の奥から血液が流れ出てきてしまっている。どうでもいい。俺は顔を上げて、敵の姿を視界に映す。

と、着地して立ち止まった彼女の手に、すっと機械的な球体が収まっていた。

その見た目は、ウルが操る機械球によく似ている。――俺は察した。

　大鎌を支点に身を捻った直後、武装をこの球体に変えて、そのまま曲芸のように空中で蹴り抜いてきやがったのだ。まるで子どもの球遊びだったが、機械の膂力で蹴り抜かれた重量のある鉄球が、そのまま俺の腹部に直撃したらしい。

「な……、なんつー荒業、だよ……、ぐ、ふっ」

　なんとか立ち上がろうとするが、足元が覚束ない。逃げられそうになかった。

　たった一撃。銃弾を当てるだけのことがここまで難しい。

　こちらは弾丸で向こうはボール遊びだ。どうかしているとしか思えない。

　動くこともできない俺の視界の先で、彼女は武器の形態を球体から槍状に変える。

　わざわざ近づいてくる気も、彼女にはないのだろう。

　槍を、それこそボール投げのように振り被る。その投擲が俺を貫けばそれで終わりだ。

　俺のやったことは、ただ死体をひとつ増やしただけの愚行にしかならない。

「やっぱ……、はは……無謀だったか」

　どんな機械生命より高性能と言われるウルの姉妹機を、正面から打ち破ろうなどと。

　それこそ、あの未来の俺が言った通り。

　お前では勝てない、と奴は言った。それはきっと、たぶん正しいのだろう。何度となく世界そのものを繰り返してきた、ほかでもない俺自身の判断なのだ。——わかっている。

　だけど。それでも——あいつはやっぱりわかっていない。

だからどうした。そんなことは、俺にとって諦める理由にはならないのだから。

ポケットに手を突っ込み、俺は中に入ってきたケースを素手で割る。

破片が手に刺さったがそれさえどうでもいい。重要なのは、その中にある金属片だ。

「っ——、それは」

ふと、俺にとどめを刺そうとしていたハルモニアが目を見開いて動きを止める。

彼女には、これがなんなのかわかっているのだろうか。使おうとしている俺でさえ何も知らないというのに、まったく馬鹿げた話だった。こんなもの、もはや賭けですらない。

「ばかな。——それは、ウルティマーテの……！」

もう声は耳に届いていなかった。

——ウルは言った。それを取り込むということは、魂の一部を機械化するということであるのだと。後戻りのできない、尋常ではないリスクを背負うことになるのだと。

だとしても構わない。切れる手札があるという時点で恵まれている。

俺は、その正体不明の金属細胞を、躊躇うことなく口にした。

「————————————————、あ」

直後だった。

肉体の――心の内側で、荒れ狂うような熱を感じた。

視界一面が真っ赤に染まる。

強烈な痛み。いや、それは嘆きか。誰かが、狂おしく何かを求めている、感情。

――出会いがあった。それは奇跡だった。そのために尽くそうと決めていた。けれど、
抱いた願いは果たされることなく、全てを失って破滅した。それらを取り返そうとした。

戦いを重ねていく中で心は次第に摩耗していく。

取り返しがつかないほど壊れていくその姿を見ていることが悲しかった。

だから決めた。

道具には決して許されるはずのない、それは命ある者であるがゆえの決意。

愛するがゆえの反抗。

彼ならば、いつか必ずそこに辿(たど)り着(つ)いてくれるはずだという信頼。

――何かを求めるように、俺は前に手を伸ばした。

光が、見える。何かがあるはずのない中空に、けれど掴(つか)めると確信できる、淡い光。

必要な言葉ならもうわかっていた。

「量子転送(ダウンロード)」

定められたコードに従い術式が発動する。

手に入れたのは権限だ。魂を分かち合うことで、彼女だけの記憶領域(メモリストレージ)に接続(アクセス)する権限を

得る。そこから引き出せるものは、だから――本来なら彼女だけの武装。

中空に、ウルの機械球が具現化する。

扱い方なら知っていた。

「こ、これは……」

「――発射」

開いた機械球から熱線が放たれる。

それは困惑していたハルモニアの腕を直撃し、持っていた槍を取り落とさせる。

その隙に俺は銃を構えた。

「……!!」

初めて、ハルモニアは焦った様子で息を漏らす。

一方の俺には、声を出しているような余裕はない。残された体力でできることなんて、ただまっすぐ銃口を向けることくらいのもの。

「っ――!」

取り落とした武器に構わず、ハルモニアは無手のままこちらへ接近してくる。

さすがの判断だ。そもそも彼女にとって、俺ひとりを殺すのに武器など必要ない。俺の指が引鉄を引くより、たとえ一瞬でも早く近づいてしまえばそれで詰みなのだ。

――だから。

その、ほんの刹那が許されれば、俺はこの場で命を落としていたはずで――。

「――刺突――ッ!!」

生き残るためには。

その刹那を決して許さない――心強い味方の助けが必要だった。

起動を命じる短い言葉に指揮されて、ふたつの機械球が刃を形成して直線を描いた。

距離を詰めてきたハルモニアの足が、刃に貫かれて動きを止める。ほんの一瞬があれば届いたはずの手が、俺のすぐ目と鼻の先に縫い留められていた。

同時、それは俺の突き出す銃口もまた、彼女の眼前を捉えているというコト。

「――穿て、《黒妖の猟犬》」

最大火力の第三術式、その零距離射撃がハルモニアの胸を貫いた。

赤雷が弾け、迸る衝撃が爆発と化して轟音を響かせた。

質量を得たかのような赤い雷撃が、彼女の体を押し出すようにまっすぐ伸びていく。

吹き飛ばされたハルモニアは無惨に地面を転がって、その動きを止めていた。

「――レリンっ!!」

こちらへ駆け寄ってくるウルの姿が見える。

それに安堵したせいだろうか、全身の力が抜けて思わずふらついた。

倒れかけたところを、咄嗟にウルが受け止めてくれる。眦には涙を溜め、どんな感情かわからないような崩れた表情で俺を見ていた。――なんだか、とても綺麗な顔だった。

「……ウルに、涙の機能をつけた設計者はセンスがいいな……はは」

細い手に支えられながら、思わずそんな言葉を漏らす。

「な、何を意味のわからないことを言っているんですか！　そんな場合ですか⁉」

「いや……ありがとう、お陰で助かった。いいタイミングで来てくれたよ」

「っ……本当に、もう……！　置いて行かれたほうの身にも、なってください……っ」

「ああ、いや……ていうか、あれ――」

確かウルは、未来の俺に意識を奪われていたはずではなかったか。

その彼女がどうしてここにいるのだろう。聞きたいことは多かったが、それよりまずは安全を確保するほうが先だ。

「……悪いな、ウル。お前のお姉さん撃ち抜いちゃって」

崩れようとする足に力を込めながら、前を見つつウルに言った。

それに、彼女はこう答える。

「……構いませんよ。元よりこの程度で壊れるはずもありません」

「え……」

「ほら、見てください。――もう自動修復が始まっています」

見れば、吹き飛ばされて倒れているハルモニアの肉体が、淡い光を纏っていた。

ところどころが瞬くような電子的な光だ。数秒もしていると、やがて何ごともなかったかのようにゆっくりと、けれど確かに彼女は立ち上がる。

「マジ、か……勝ったと思ったのに」

「この程度で倒せるなら、究極機と呼ばれてはいませんよ」

「は、は……本当、英雄ってのは楽じゃない……」

「――レリン。走れますか？」

ウルは、静かに短くそう問うた。

その問いに否を返すくらいならここで死んでおくべきだと思う。

限界を超えた体に、なお鞭を打って俺は頷く。

英雄の資質がなかった俺でも、ここまで気合いの入った体に生まれたことだけは誇っていいような気分になれた。丈夫に生んでくれた両親に感謝しておきたい。

「問題ない。……まだ、動ける」

無事を告げる俺。

聞いたウルはまるで信じていないような目だったが、それでも頷きを俺に返した。

そして。

「逃げてください」

「……ウル？」

「今ならまだ逃げられます。ハルモニアに蓄えられた稼働魔力にも限度がある。余力などほとんど残されてはいないでしょう。それは、姉妹機として断言できます」

「――――」

一瞬だけ考えて、それから俺はウルに問い返す。

「もしここで俺たちが逃げたら、残ったエネルギーをハルモニアはどう使う？」

「――、それは」

「当初の予定に粛々と戻るんだろ。なんつーか、そういう感じだよ、お前の姉貴は」

ここまで敵対した俺を、反発の感情で追うなんてことはきっとしないだろう。

言葉通りだ。邪魔をするなら敵と見做（みな）すと彼女は言った。

つまりこの敵対状況は、俺が逃げ出し邪魔をやめることで白紙に戻され、ハルモニアは残存魔力をアミカに対する狙撃に使う。律儀すぎて、優しいと錯覚してしまいそうだ。

「絶対にさせない。奴（やつ）はなんとしてでもここで喰（く）い止める」

「……そこまでして助けたいですか、彼女を」

強く断言した俺に、返すウルの言葉は普段と色が違っていた。

機械的に――道具であろうと努める彼女（ウル）が主（おれ）の意向を確認する言葉とは違う。

ただ、疑問に思って訊ねている。

「そこまでする価値が彼女にあるんですか？　貴方は、何も報われはしないというのに」

「アミカ、に……？」

「ええ。レリン、貴方がどう思っているのかを、私は知りたい」

だからだろうか。

ウルらしくない問いかけだったがゆえに、それがすっと心に溶け込んだ。

「ああ。俺の問題じゃない。——アミカには、俺が命を懸けるに足る価値がある」

そうだ。英雄になりたいからじゃない。

ならなければならないと、自らの価値を示したいからでもない。

「俺はアミカに……返しきれない恩があるんだ」

「恩、ですか」

「そうだ。あいつは——あいつだけはずっと、俺が何をしても見放さないでいてくれた」

——何も為さない自分には生きている価値がないという思考。

それが間違っていることなんて、俺だってとっくにわかっている。

だけどできない。どうやってもその想いは拭えない。ほかの何に許されても、俺が俺を許せないのだから意味がない。いつだって、俺は俺のことしか考えてはいなかったのだ。

だから。

——だから彼女だけが、最後まで俺を許さないでいてくれた。

そうじゃないと叫び続け、間違っていると伝え続け、ずっと隣に在り続けてくれた。

投げ出しもせず、認めた振りもせず、彼女はずっとお前は間違っていると告げるために俺の横にいてくれたのだ。だから俺は今日まで踏み留まっていられたのだと思う。

「それに応えられなきゃ今度こそ嘘だろ。ここには、俺が命を懸けるだけの価値がある」

「では、もし私がひとりで残ると言ったら？」

実のところ、ウルはそう提案してくるような気がしていた。

意外と、目を見ればわかりやすい少女なのだ。

「私ならあるいは、貴方を逃がして彼女の魔力が尽きるまで粘れるかもしれません」

「……でも、勝算ないんだろ？」

「どうにかします」

「その意気があるなら、ウルの力は俺に貸してくれ」

たとえちっぽけな存在でも、ひとりよりふたりのほうがいいはずだ。

「レリン……」

「頼むよ。俺ひとりじゃ勝てる気がしない。でも、ウルがいてくれれば話は別だ」

未来の自分にあれだけ啖呵を切って、その結果がこれでは立つ瀬がないけれど。

でもそんなことどうでもいい。自分に力がないことは先刻承知だ。

「まったく……自分の言っていることを理解しているのですか？」

呆(あき)れたようにウルは言った。

本当、情けない主人で申し訳ない。

「あれもこれもと欲張って、最後に破滅してはひとつも守れませんよ」

「これでも英雄志望だからな。成果は最大じゃなきゃ嫌なんだ」

「では、──構わないのですね？」

問いに、小さく深呼吸をする。

それから応えた。

「ああ。ウルの力を貸してくれ──お前といっしょなら、俺は初めて英雄を目指せる」

「……まったく。世話の焼けるご主人様です」

限界はとっくの昔に越えた。

身に余る欲望がもたらすのは破滅と相場は決まっている。

だが古来、英雄とはそういうもの。

──どうにもならないことは、どうにもならない。

そんな絶対を覆すのが英雄なのだ。目指すなら限界など考慮に入れる意味すらない。

俺ひとりでは足りない。その器がないことなら嫌というほど思い知った。

それでも──。

「どうにかする。手伝ってくれるか、ウル？」

「もちろん、貴方(あなた)の望む通りに——私の英雄(マイマスター)」


俺は、ひとりじゃない。

※

何ごとか言葉を交わす妹と人間の姿を、《調和(ハルモニア)》を冠された機体は静かに見つめていた。

余裕や慢心ではなく、それは純粋に彼女の機能だ。

ウルティマーテの乱入によってリセットされた状況を、どう判断するかと待っているに過ぎない。敵対するなら戦うし、逃げ出すのならば見逃すだけ。受動的に。

どちらであっても変わらなかったし、機械的な尺度以上の判断機能は許されていない。

ただ実際、これ以上の交戦はハルモニアとしては避けたいところだ。

すでに予想以上の損害を被ってしまっている。

それは彼女の敗北を意味しないが、役割の遂行には難が出てしまいかねない。

何より、今後の活動はすでに不可能なほど消耗が激しかった。また充電が必要だ。

と、そのとき。

「――――」

視界の先で、ウルがこちらに意識を向けたことがわかった。

妹は同期(リンク)を切っている。だが、その視線に込められた戦意は彼女にも伝わっていた。

それでも。ハルモニアはその上で、言葉によって確認を取る。

「私と敵対する気ですか、ウルティマーテ」

「ええ。そうよ、ハル。それが、私の主(あるじ)の願いだから――！」

言葉と同時、ウルは爆(は)ぜるように地を蹴った。

またそれと同時、こちらに向かってくるウルとは別に、人間が離れるように駆けていく。

――人間を逃がした……？

ハルモニアがそう判断した理由は、人間がまったく別の方向に向かったからではなく、
その人間を守るようにウルが機械球(スフィア)を三つ全て同行させていたからだ。

今のウルに操れる限界数が三であることは、ハルモニアにもわかっている。

主(あるじ)のための護衛だ。

疲弊した彼が圏外域を脱出するには、その程度の手助けは必須だろう。いや――

「それは無理でしょう」

冷静にハルモニアは判断する。

もはや今の彼には、圏外域を脱出するほどの余力さえ残っていない。

現に人間は、少し動いた段階でくずおれるように膝をついた。

その周囲を機械球が守るが、もはや離脱すらままならない彼は存在しないも同義。

——そうとわかって、その上でハルモニアは片手をレリンに向けた。

「っ……！」

接近してくるウルが目を見開くが、それには構わない。

レリンに向けた掌（てのひら）から、高密度に圧縮された魔素（まそ）が放たれる。

ハルモニアたちの性能から見れば児戯に等しい攻撃だが、それでもレリンにしてみれば万全の状態でなお全力を賭して防ぐべき攻撃だ。

人間が持つ魔力と、機械生命たちが操る魔素とではエネルギー効率の次元（ランクレベル）が違う。

魔素が毒になる人間では、そも魔素を動力とする機械生命に対し根本的に不利なのだ。

もちろん攻撃は、レリンを守るウルの機械球があっさりと防いだ。

「ハル、モニア……ッ!!」

主を攻撃されたウルが、視線に凍りつくような熱を秘めて右足の蹴りを抜き放つ。側頭部を狙う高いそれは、人間が喰（く）らえば首が文字通り外れる威力だが、それだけの話だ。

主人（つかいて）に対する執着は機械生命が持つ数少ない弱点だろう。

ハルモニアは無感動にそこを突いた。

そう。機能を制限されたウルと、エネルギーが限界に近いハルモニアは、同型機であることを鑑みて互角と言える。無論、ハルモニア側はその気になれば出力を上げられるが、それをしない限りは基本的に差が出ないと言っていい。

だが――機械の性能が同じだとしても、使い手には明確に差があった。

もはや足手纏いでしかない主人を庇い続けなければならないウルと違って、ハルモニア側はいくらでもその弱点を突ける。機械球を主の防御に回している時点で致命的だろう。

ウルの蹴りを軽くいなし、ハルモニアはレリンに向けていた手をウルに向け直す。

手は握られている。だがそれは、決して拳で殴る程度の原始的な攻撃ではなかった。

「く――!?」

意味を理解したウルは焦ったように身を捻る。

――その直前、握り締められたハルモニアの拳を、突如として手甲が覆った。

どの状態からでも、どんな武器でも取り出せるという利点は、近接でこそ活きる。

手甲に内蔵されるのは刃。魔素が術を成し、魔術の発動を示す円環が複数個連なって、ハルモニアの腕を上っていくのがウルの視界にも見て取れた。

直後、刃が高速で手甲から射出される。

加速術式で打ち出された刃が目を抉る寸前、危うく躱したウルの視界に、

「――っ、か――!?」

突如として地面が映し出された。

一瞬の混乱。その直後、ハルモニアの実体化した棍(こん)が、空中に現れて自身を上から打ち据えたのだと悟るも、理解したときにはもう無様に地面へ打ち据えられていた。

「あ——、くぅ!?」

倒れ伏すウルの頭を、容赦なくハルモニアが踏みつける。

機械の膂力(りょりょく)で顔面が地面に叩(たた)きつけられ、ウルは動きを封じられた。

「……、ウルティマーテ」

名を呼び、けれどハルモニアはその後に続ける言葉を飲み込む。

失望した——などと言葉に変える余分は必要ないはずだ。

土台、初めから見えていた勝負である。

人間の男に余力がない以上、ハルモニアを抑えるためにはウルが全力で攻撃する以外に方法はないのだ。にもかかわらず、ウルはわずかな可能性を、感傷のために捨てていた。

機械生命にあるまじき、それは非効率性と言える。

これは当然の帰結だ。わかりきっていた結末でしかない。

ゆえに問題は、

——それを相手もまた理解していないはずがないと、彼女(ハルモニア)が気づけなかったこと。

戦う相手が妹でさえなければ、気づいていたはずのことを見落としたという事実だ。

「っ、な――これは!?」

突如として膨れ上がった強大な魔力の気配で、ハルモニアは弾(はじ)かれたように振り返る。

その出どころは、ほかでもない――未(いま)だ地に膝をつける、矮小(わいしょう)な人間の男。

否、正確にはその手に握られた、一丁の黒い銃器からであった。

「これ、は――」

このときハルモニアは初めて、そして本当に驚愕(きょうがく)していた。

あり得ない。

そう断言して構わないはずの莫大(ばくだい)な魔力を、たったひとりの人間が収束させている。

読み違えたのだ。そう、ハルモニアは想像もしなかった。

ウルの役割がただの時間稼ぎで、真に攻撃を担当するのがレリンであると。

――レリン＝クリフィスの背中には、そのとき、深紅の紋様が浮かび上がっていた。

※

それが、俺とウルで立てた作戦だった。

この《黒妖の猟犬(ブラックドッグ)》が持つ第三術式(エンドバレット)――その最大火力をもう一度ぶつける。

火力は、なにせ青天井。届かないならさらに込める。それだけのコト。

——喰らわせろ。

頭の中で炸薬が弾けるみたいに響くのは、接続した《黒妖の猟犬》の声なのだろう。

生まれ持っている意味。今や眼球だけではなく、全身を銃身として接続したがゆえ響くそれは——《黒妖の猟犬》が持つ機械生命としての意志。

そう。自ら動くことがないだけで、魔力持つ機械であるこの銃も機械生命たちと本質は同じなのだ。ただその意志は、道具であることを捨てなかったがゆえに、なお強い。

これは危険な行為だ。

ウルの細胞を取り込んだがための同期は、最悪の場合、俺の精神全てを塗り潰すだろう。

だが構わない。

必要な魔素は空気中から取り込んだっていいのだ。

その毒が俺に通じないのなら、原理的には不可能であるはずがない——！

「はは……これで足りるか、究極機……！」

銃身から迸る赤雷が、色を濃くして黒へと近づく。

全てを喰らわんと暴れる妖犬の意志を、弾丸へと変えて解き放つ。

——それを、ハルモニアは脅威として受け取ったのだろう。

一瞬の驚愕を即座に立て直し、俺が銃を放つより早くその命を止めようと動く。

そう。どうしたところで彼女たちの速度に、人間である俺は及ばない。

ひとりだったら。

「それが貴女の敗着です、――ハル」

「……ウル、ティマーテ……!?」

頭を踏まれて倒れるウル。

だが地に押し倒されてなお、天へ掲げる彼女の手の先には、機械の球が浮かんでいる。

「ばかな、四つ目!?　いや――」

「貴女と違って――私は、レリンを信じていた」

ハルモニアが答えに迫った段階では、もう遅すぎた。

すなわち、それこそ使い手の――何より道具としての覚悟の違いだったとウルは笑う。

一世一代のブラフ。俺の周囲に漂う機械球の内、ウルが操っているのはふたつ。最後のひとつは、同期した俺が操っているに過ぎなかったのだ――ゆえに。

あとひとつ、――ウルには操れる武器が残る。

低い位置から高速で放たれた機械球が、ハルモニアの体を持ち上げ宙へと運んだ。

腹部に直撃し、そのまま弾かれて浮かぶハルモニアの体。

もちろん致命傷ではない。

だが、このほんの一瞬だけは、いかな究極機でもこちらの攻撃を防げない――！

「――喰らい尽くせ、ブラックドッグ――ッ!!」

撃ち出したのは漆黒の雷撃。

言霊によって導かれる雷速の弾丸。

音が消え、色が消え、全てが暴力的な雷(いかずち)のエネルギーによって呑(の)み込(こ)まれていく。

それは射線上の全てを喰らう魔素(まそ)の濁流。

いかな文明の終着たる究極機であれ、原初の暴力の前に立場は同じ。迸(ほとばし)る破壊の雷流に全身を呑み込まれたハルモニアは――やがてその姿を静かに消した。

色と音とが、戻ってくる。

「づっ、は……、どう、だ……っ！」

魔力の過剰供給(オーバーロード)で乱れる呼吸を、整えながら周囲を見る。

周囲に、雷撃に呑まれたハルモニアの姿は見当たらなかった。

あの一撃でなお、消し飛ばせたとは思えないのだが――。

「――貴方(あなた)の勝利ですよ、レリン。もうハルモニアに余力はありません」

目を見開く俺。その視線の先でゆっくりと立ち上がったウルが、薄く微笑(ほほえ)む。

「エネルギー切れです。とうに安全地帯へ転移したことでしょう」

「……あれでも……倒せなかった、ってことか……」

――本当に馬鹿げた力だ。

こんなのが五つもあるというのだから、なるほど人類も思ったよりしぶとい生き物だ。

そう。そうだ。その、凄まじいまでの力を持つ究極の兵器を相手に。

「勝った、ん……、だな……」

——アミカを守り抜くことが、できたのだ。

そう考えた瞬間、全身から急速に力が抜けていくのがわかった。

「レ、レリン？　大丈夫ですか、レリン!?」

「——あー……」

何かを答えようと思ったが、もう言葉を作る気力すら残っていない。

抗えず瞼が閉じていく中、もう二度と目が覚めなかったらどうしようと、ふと思った。

そうなってもおかしくない程度の無茶はやらかした。

だけど、ならばせめて言っておかないといけないことがある。口を開くのはすごく億劫だったけど、それでも助けてくれたウルに、伝えておくべき言葉は告げておきたかった。

だから——。

「……ありがとな、ウル。お陰で助かった……お前のお陰で、みんなを……守れたよ」

その言葉を最後に、今度こそ俺は意識を手放す。

最後に見たのは、温かな表情でこちらを見つめるウルの顔で。

——ええ。お疲れ様です、レリン。私の英雄。

最後に、何かウルが喋（しゃべ）っていたような気がするけれど。
その言葉が、耳に届くことはなかった。

エピローグ『誰も知らない英雄譚の序章』

再び目が覚めたとき、俺はいつかと同じ塔の上階で目を覚ました。

それと気づけたのもこれが二回目だからだ。

どうやら、ウルが回復ポッドのあるこの場所まで俺を運んできてくれたらしい。

といってもポッドの回復薬は残っていないという話だったし、やっぱり体のあちこちに負傷が残ったままになっている。それでも、見たところ後遺症になりそうな怪我はなかった。

あれだけ忠告された金属細胞を取り込んだ影響とやらも、今のところ感じない。

なんならむしろ、取り込んで得たはずの力すら感じなくなっている。

というか、あの金属細胞は……要するにウルの体の一部だったというコトだろうか。

部屋の中でそんなことを考えていると、不意に入口の扉が静かに開いた。

ウルだった。

だが声をかける寸前、俺は気づく。彼女の傍に投影されるモニターに。

「……お前かよ」

『ずいぶんな挨拶だな。――とはいえ、お疲れの英雄に俺も文句は言わねえさ』

未来の俺自身を名乗るその声。

あまり会話していて気分のいい相手ではないが、とはいえ訊くべきことはあった。

「ウルは戦闘に参加させないんじゃなかったのか？」

『そのつもりだったけどな。……まだ俺にも、裏切れないものはあったらしい』

「……なんの話だよ」

『昔話だよ。懐かしい話さ。親父の遺品を持ち出して、ひとりで圏外に出て、塔の地下に眠っていたウルを見つけたときの話』

俺ではない俺の過去。

あるいは、もう訪れることのない俺の未来。

『最初はまあ合わなかった。機械みたいに冷たい性格だし、何してたってつまんなそうな顔してて。俺も俺でグレ出してたからな。相性がいいはずもねえ』

「――――――」

『その癖、俺から離れることだけはしねえんだ。そんな奴、好きになれねえだろ？』

「……知るかよ。同意を求めてくんな」

『そうか。俺はなれないね。なれないから……だから、笑わせてやろうと思ったのさ』

「……、……」

『次第にウルも笑うようになっていた。人間みたいになっていったんだ。ウルは人間じゃなかったから、あんまり周りには紹介できなかったけどな。いつしか息も合ってきた』

　──その話が本当なら。

　ウルに人間らしさを与え、笑顔を与えた、本当の主人と呼ばれる者は──俺ではなく。

『だけどまあ、いろいろあって全てが終わった』

「……嫌な話をしやがる」

『まあ聞け。俺はウルと相談して、終わってしまった世界を救うために過去へ飛ぶことを決めた。ただ過去に情報を送るんじゃ意味がねえ。俺は、俺自身が過去に向かわなくちゃ意味がねえと思った。──自分を情報化したのはそれが理由だよ』

　生身で過去に飛ぶことはできないから。

　そのために、自分という存在そのものをデータに変えてしまった。

『ウルは情報の保存媒体にもなる。だからそこに、俺というデータを封じ込めた。ただし俺は、その事実をウルには教えなかったんだ。──ウルは、巻き込みたくなかったのさ』

「……それで？」

『騙したんだよ、ウルを。ふたりで過去に戻ると告げて、その裏で送るデータからウルの情報を消し去った。あの滅んだ世界に、俺はウルを置いていこうとしたんだ』

「なんで、そんな……」

『ウルは最後まで俺といっしょに生きてた。俺は一回も、何度も滅んできた中でただ一度だって、ウルだけは死なせたことがねえんだ。……それだけは、見てねえんだよ』

ならば、彼がウルの記憶を過去に送らなかった理由は。

——ただ、ウルだけは死なせなかったという事実を守るためだと言うのか。

『そうして繰り返しを始めた。もともと一発で上手くいくとは思ってなかったがな、まあ酷いもんだ。なにせ過去の俺が俺とは限らねえ。戦う能力がほとんどねえ俺や、何もかも捨てて逃げ出しちまう根性なしの俺もいた。——戻る世界線が、一定にならなかった』

「…………」

『俺は知った。厳密に時間を戻ることはできないんだと。時間という概念は常に揺らいでいて一定じゃない。一本の同じ線の始点に戻ることはできない。縒り集められた糸とでもたとえれば近いかね。そのくせ、強固に固まった決して解けない結び目もある。それでもいつか必ず結び目を全て解けるはずだと……そう、信じることにしてたんだけどな』

——だけど。

と、もはや名もなき男は言う。

『お前がいた』

「……、どういう意味だ？」

『単純な話だよ。俺はウルを舐めてたのさ。ウルはデータの中に、きっちりと人格を保存しておいた。そして機会を待ったんだ。俺たちが、——ウルの元に追いついたんだよ』

「言っていることの意味が……よく」

『ここのウルは、最初から明るい奴だったんだろ。だが俺は送ってない。なら決まりだ。ウルは俺にバレないように、——俺よりもっと過去に自分のデータを送ったんだ』

「…………」

『そして待った。いつか自分を送った世界線に、必ず俺が辿り着くと。無限と言っていい揺らぎが重なることを信じて、この世界のお前と再会するための賭けに出たんだ』

ウルは自分のデータを、自分が俺と出会うより前の時間軸へと送った。

だが世界は常に揺らいでいて、同じ過去に送ろうとしてもズレが生じる。それでも俺と——俺ではない俺と、いつか再会できる可能性があることに、全てを賭けたのか。

『あいつの願いがそれだったんだろ。もう一度、俺と会えると……あいつは信じた』

「でも……でも俺はお前じゃないだろ。ウルが会いたいのは俺じゃなく……！」

『いいや、お前は俺だ。繰り返しの中で初めて辿り着いた、同じ世界線上の俺なんだ』

目を見開く。その言葉は、正直に言って想像していなかったから。

「本当に……同じ、俺なのか。お前は……」

『そういうことになるな。——残りは単純だ。ウィルイーターがいねえって聞いてピンときた。アレがいなかったのは最初のときだけだからな。俺もすぐには気づかなかったが』

「でも、ウルは……その割には何も——」

『当然だ。もともと計算外の記憶を受信した上で、さらに俺の予言まで受け取ったら容量オーバーだ。おそらくウルの記憶は、お前と会った段階でほとんど破損している。お前と出会うその少し前には、俺という未来のデータがウルに保存されるからだ』

未来の俺が送るデータ量は、ウルが秘密裏に送った《ウル》というデータ量を計算していない。だからウルがそれを受け入れるには、それ以外のデータを壊す必要がある。

『そうして上書きされれば、残るのは実感じゃなくわずかな情報だ。お前にも、いくつか覚えがあるんじゃないか？　ウルのちぐはぐさに関してな』

それはたとえば、俺がウルの見た目を気に入るとか、料理を気に入るとか、なぜかそう思い込んでいたことを指すのだろうか。

よくわからないけれどきっとレリンはそれを気に入ってくれるはずだ、と。

そんな――本当にどうでもいい情報だけが彼女に残された全て。

ならば彼女は守ったのか。

自分を、持っていたデータ全てを犠牲にして、それでも――そんな些細でどうでもいい記憶のほうを、守るために動いた。もう二度と会えないかもわからない、男のために。

「それが……ウルの細胞を取り込んだときに感じたもの、か……」

道具として生きると決めていた少女。

そんな彼女が、ひとりの男との出逢いを通じて人格を形成していく過程。

　その想(おも)いがあの金属片には強く込められていた。

　ウルが守り切って過去へ送った——俺ではない俺に対する、心から大切な、感情。

『……なるほど。そこに置いたのか』

　男は小さくそう呟(つぶや)いた。

　本当に、どこか呆(あき)れたみたいに息を零(こぼ)して。

「これでいいのかよ、お前は。ウルは今も……お前に、会いたがってるんじゃ」

『勘違いするな。ウルの中に俺の記録なんて残ってねえよ』

「え……」

『言っただろうが。もう容量がない。ウルの中に残ってるのは人格だけだ。記憶は全て、細胞のほうに移植してお前に託したんだ。あいつ自身は、もう全部を忘れてるよ』

「どうして……そんな」

『決まってるだろ。なぜわからない？　わずかに送ったデータも、お前と接触する頃には消えることが決まっていた。ならばどこかに残しておきたかったんだ。その対象は、お前以外にはあり得ない。だから自分の金属細胞に込めたんだ。たとえこの先、全て忘れたとしても——ただお前の中に、自分の想い出(おもいで)を刻んでおきたかったんだよ、あいつは』

　俺は、静かに押し黙るウルへと視線を送った。

　限りなく低い可能性に賭け、自らの記憶さえ犠牲にして。それでももう一度、俺に会うことだけを願って、ウルはここへやってきたと言うのか。

初めて出会ったときの、彼女の言葉を思い出す。

《おはようございます。——いいえ、初めまして》
《私の名はウル。貴方に仕える一冊の記録》
《はい。貴方にその名を呼ばれることができて、とても安堵しています。——ですから》
《これから、よろしくお願いします》

その言葉に、いったいどれほどの思いが込められていたのか。

それはもはや、彼女自身ですら正確には実感できない、誰にも知られぬ秘めた感情。

『……あいつは繰り返しを認めなかった。ここにいるあいつはもう、ここにしかいないんだからな。は……いくら俺でも、そこまでされて自分を遺せるほど鬼になれねえよ。俺の旅はここで終わりだ。全てをウルに返す。……それがあいつの望みなら、それでいいさ』

「…………」

『別に気にする必要はない。ここにいるウルはもう俺の知っているウルじゃないし、お前だってもう俺とは決定的に違う。……あとは好きにしろ。ここはお前が生きる世界だろ』

彼女は再びこの世界で俺と出会い、新しく生きていくことを望んだ。

それを託したウルも、その想いの元になった俺も、もうどこにもいないのだとしても。

『だが覚悟しておけ。それはもう、――もう失敗は許されねえっていう意味だ。お前じゃもう俺のように過去には戻れねえぞ。ウルが破損している。もうあいつには余力がねえ。ちゃんと、今度こそ自覚しろよ。お前がこれから歩む、誰にも知られない道の険しさを』

――俺は、果たして覚悟できているのだろうか。

できているつもりではいる。だが実際にその道を歩み、折れ曲がった男を――ほかでもない自分を前に、できているなどと断言することはできなかった。

『先達として教えておいてやる。その先は、控えめに言っても地獄だぜ。報酬がなければ栄誉もない。誰に憎まれることがあっても認められはしない。――耐えられるかね？』

自信があると断言できる気はしなかった。

だがそれでも、これから消えゆく誰も知らない英雄に、泣き言は聞かせられなかった。

「俺は、……お前とは違うさ」

だからそう言った。

告げるべき言葉はそれなのだと、俺は思った。

『は、言ってくれるぜ。ああ、そうであることを祈ってるよ』

「…………」

『――レリン＝クリフィス』

「……、なんだ？」

『ウルを、——みんなを、必ず守れよ』

その言葉と同時、中空に浮かんでいたモニターがふっと掻き消えた。

そして程なくウルがふっと目を覚ます。

「ん。あ、あれ……？　私、もしかして寝てましたか？」

「……そうだね。おはようウル」

「ええ、おはようございますレリン！　目が覚めたのですね……よかった」

花の咲くような笑みを見て、俺もまた決意を強く固める。

これから先、俺の戦いは誰にも知られることはない。歴史に刻まれることもなければ、手伝ってくれる者もいない。そういう道を、自ら選んで掴み取った。

——それが、俺と彼女との出会いの記録。

人知れぬ英雄になると決めた男と、その道を助けるべく全てを擲った少女との。

決して歴史に遺らない、人知れぬ戦いの——その本当の始まりだった。

あとがき

広大で美しいフィールドを、様々な素材やアイテムを探索しながら、そこに住む凶暴なモンスターや駆動するメカを倒しつつ、時にはどう考えたって勝ち目のないハイレベルな敵から逃げ隠れたりもしながら、時間を忘れて駆け巡れるようなゲームが好きです。

まあ、だからこの作品を書いたのかというと、別段そういうわけではないのですが。

なにせ本作は、その冒険の足取りを一歩《圏外》へと向ければ、明らかに文明度の違う機械が無数に蠢いている上、そもそも毒に満ちていて自由に移動することも難しい。もしこれがゲームなら不親切極まりない設計になっています。でもまあ、そんなもんですと。

そんな感じで『ネームレス・レコード』第一巻をお届けさせていただきました。

初めまして、あるいはお久し振りです。涼暮皐です。

本作『ネムレコ』は言ってみれば、超理不尽系フィールド探索型アドベンチャー小説、ただし事実上の詰みセーブスタート――みたいな感じの物語になっております。

文明は崩壊済み、人類もすでに滅亡寸前、フィールドを闊歩するエネミー群は漏れなく強敵、そのくせメインクエスト表示には遠慮なしに《人類を救え》の文字列が踊る……。

チュートリアルでゲームオーバーになってもおかしくないような設定ですが、理不尽に対しては理不尽で返礼。こちらの武器は未来を記した予言書に、機械の体の最強少女。いわばゲームの主人公自身が、攻略本を手に冒険へ向かうようなものでしょうか。その上、最初から二周目限定装備と仲間も解放済み、みたいな。強くてニューゲーム。

それくらいの反則があって、ようやくなんとか食らいつけるわけです。

世界なんてとっくに滅んでいて、救わなきゃいけないモノなど本当はない。それでも、たとえ無駄だとしても、足掻くことをやめないことには意味があるはず。まだまだ人類も捨てたものじゃないんだぜ、と足掻き続ける主人公を応援していただければ幸いです。

なんせ真顔で「英雄になりたい」と言って憚らない男ですからね。

そんな台詞を素面で言える奴だからこそ、足を止めずにいられるのだと思います。


さて。

この作品には、滅んだ文明の遺跡と、名残としての超文明アイテム、それらを守るかのように闊歩する機械の生物たちに、魔女や教会の聖女、騎士といったファンタジー要素、そして主人公を助ける予言と、それを与えた機械の少女——といった浪漫を詰めました。

自分が好きな要素をぶち込みまくったということですね。

機械の少女・ウルの正体であるとか、かつて滅んでしまった文明、主人公を残して圏外域に消えた英雄の父に、神の予言……謎を多く散りばめているのも浪漫全振りです。

とはいえ、小難しいことを考えてなければならないお話ではありません。

それらの謎を追って読むのも一興ですが、魔銃片手にハイレベルな敵と真正面から戦う熱血バトルもまた本作の醍醐味かなあ、と思っております。

どうにもならないことは、どうにもならない。

だけど、どうにもならないことをどうにかしてこそ英雄だ。

――なんて、現実を見ているんだか理想を追っているんだかわからない、聞くだけでは矛盾さえしているような理屈を、気合いとパワー、熱意とやる気でゴリ押し通す。

そんな、熱いバトルにもご期待いただければ嬉しいです。


以下は謝辞です。

イラストのGreeN先生。ネムレコのやりたいこと全部ぶち込んだれ系世界観を、最強に美麗な筆致で彩ってくださいました。本当にありがとうございます。特にウルの愛らしさたるや、皆様もお手元でご確認いただいているであろう通り、作者の想像さえ優に超えていました。もう最強かわいい！　なのにバトルシーンは格好いい……。しゅごい……。

担当編集氏。自分で考えたくせに書きながら「いやもう考えるの難しすぎる、わからんわからん助けて！」と喧しい作者に付き合っていただきありがとうございました。毎度の如く「タイトルが思いつきません」と私が抜かすので、三日も打ち合わせましたね……。

また並びに編集部の方々、校正様、デザイナー様、印刷所様、ほかにも多くの関係者の皆様のお力を借りて、一冊の本は完成します。深くお礼を。ありがとうございました。

最後に、本作を手に取ってくださった読者の皆様。

この物語とともに過ごす時間を、少しでも楽しんでいただけていれば幸いに思います。

また再びお会いできることを祈っております。


末筆代わりに。

深夜に何度となく駄弁(だべ)りながら相談を聞いてくれた友人へ感謝を。

二〇二二年水無月　涼暮皐(すずくれこう)

MF文庫J

ネームレス・レコード
Hey ウル、世界の救い方を教えて

2022 年 7 月 25 日　初版発行

著者　涼暮皐

発行者　青柳昌行

発行　株式会社 KADOKAWA
〒 102-8177 東京都千代田区富士見 2-13-3
0570-002-301（ナビダイヤル）

印刷　株式会社広済堂ネクスト

製本　株式会社広済堂ネクスト

©Koh Suzukure 2022
Printed in Japan　ISBN 978-4-04-681585-9 C0193

◎本書の無断複製（コピー、スキャン、デジタル化等）並びに無断複製物の譲渡および配信は、著作権法上での例外を除き禁じられています。また、本書を代行業者等の第三者に依頼して複製する行為は、たとえ個人や家庭内での利用であっても一切認められておりません。
◎定価はカバーに表示してあります。

●お問い合わせ
https://www.kadokawa.co.jp/（「お問い合わせ」へお進みください）
※内容によっては、お答えできない場合があります。
※サポートは日本国内のみとさせていただきます。
※Japanese text only

◇◇◇

【 ファンレター、作品のご感想をお待ちしています 】
〒102-0071 東京都千代田区富士見2-13-12
株式会社KADOKAWA　MF文庫J編集部気付「涼暮皐先生」係「GreeN先生」係

読者アンケートにご協力ください!

アンケートにご回答いただいた方から毎月抽選で10名様に「オリジナルQUOカード1000円分」をプレゼント!! さらにご回答者全員に、QUOカードに使用している画像の無料壁紙をプレゼントいたします!

■ 二次元コードまたはURLよりアクセスし、本書専用のパスワードを入力してご回答ください。

http://kdq.jp/mfj/　パスワード　vprp2

●当選者の発表は商品の発送をもって代えさせていただきます。●アンケートプレゼントにご応募いただける期間は、対象商品の初版発行日より12ヶ月間です。●アンケートプレゼントは、都合により予告なく中止または内容が変更されることがあります。●サイトにアクセスする際や、登録・メール送信時にかかる通信費はお客様のご負担になります。●一部対応していない機種があります。●中学生以下の方は、保護者の方の了承を得てから回答してください。

INFORMATION

ランジェリーガールを お気に召すまま

好評発売中

著者：花間燈　イラスト：sune

『変好き』を超える衝撃がここに——
異色のランジェリーラブコメ開幕！

INFORMATION

また殺されてしまったのですね、探偵様

好評発売中

著者：てにをは　イラスト：りいちゅ

その探偵は、殺されてから推理を始める。

義妹生活

好評発売中

著者：三河ごーすと　イラスト：Hiten

同級生から、兄妹へ。
一つ屋根の下の日々。

INFORMATION

INFORMATION

探偵はもう、死んでいる。

好評発売中

著者：二語十　イラスト：うみぼうず

第15回MF文庫Jライトノベル新人賞
《最優秀賞》受賞作

INFORMATION

聖剣学院の魔剣使い

好評発売中

著者：志端祐　イラスト：遠坂あさぎ

見た目は子供、中身は魔王!?
お姉さん達と学園ソード・ファンタジー！

ライアー・ライアー

好 評 発 売 中

著者：久追遥希　イラスト：konomi(きのこのみ)

嘘つきたちが放つ
最強無敗の学園頭脳ゲーム！

ようこそ実力至上主義の教室へ

好 評 発 売 中

著者：衣笠彰梧　イラスト：トモセシュンサク

——本当の実力、平等とは何なのか。

INFORMATION

Re：ゼロから始める異世界生活

好評発売中

著者：長月達平　イラスト：大塚真一郎

幾多の絶望を越え、
死の運命から少女を救え！

INFORMATION

ノーゲーム・ノーライフ

好評発売中

著者・イラスト：榎宮祐

「さぁ——ゲームをはじめよう」

いま“最も新しき神話”が幕を開ける！

INFORMATION

ぼくたちのリメイク

好評発売中

著者：木緒なち　イラスト：えれっと

あなたの人生〈ルート〉、
作り直しませんか？

〈第19回〉MF文庫Jライトノベル新人賞

MF文庫Jライトノベル新人賞は、10代の読者が心から楽しめる、オリジナリティ溢れるフレッシュなエンターテインメント作品を募集しています！ ファンタジー、SF、ミステリー、恋愛、歴史、ホラーほかジャンルを問いません。
年に4回締切があるから、時期を気にせず投稿できて、すぐに結果がわかる！ しかもWebからお手軽に投稿できて、さらには全員に評価シートもお送りしています！

イラスト：うみぼうず

通期

大賞
【正賞の楯と副賞 300万円】
最優秀賞
【正賞の楯と副賞 100万円】
優秀賞【正賞の楯と副賞 50万円】
佳作【正賞の楯と副賞 10万円】

各期ごと

チャレンジ賞
【活動支援費として合計6万円】

※チャレンジ賞は、投稿者支援の賞です

MF文庫J
ライトノベル新人賞の
ココがすごい!

年4回の締切!
だからいつでも送れて、
すぐに結果がわかる!

応募者全員に
評価シート送付!
執筆に活かせる!

投稿がカンタンな
Web応募にて
受付!

三次選考
通過者以上は、
担当編集がついて
直接指導!
希望者は編集部へ
ご招待!

新人賞投稿者を
応援する
『チャレンジ賞』
がある!

選考スケジュール

■第一期予備審査
【締切】2022年 6 月30日
【発表】2022年 10月25日ごろ

■第二期予備審査
【締切】2022年 9 月30日
【発表】2023年 1 月25日ごろ

■第三期予備審査
【締切】2022年 12月31日
【発表】2023年 4 月25日ごろ

■第四期予備審査
【締切】2023年 3 月31日
【発表】2023年 7 月25日ごろ

■最終審査結果
【発表】2023年 8 月25日ごろ

詳しくは、
MF文庫Jライトノベル新人賞
公式ページをご覧ください!
https://mfbunkoj.jp/rookie/award/